MORDSBUCH

Tod einer Autorin

PETRA RITSCHEL

Petra Ritschel

Mordsbuch

Tod einer Autorin

Impressum

1. Auflage
© 2017 Petra Ritschel

Ausgaben:
eBook und Taschenbuch

Coverfoto   Petra Ritschel
Covergestaltung Petra Ritschel
Korrektorat   Brigitta Fuchs

Herstellung und Verlag:

BoD – Books on Demand, Norderstedt

ISBN:

9 783744 893923

Sandra Winter

Sandra Winter prüft akribisch die Liste der Anweisungen, die sie für ihre Mutter angefertigt hat. Sie enthält für jedes ihrer drei Kinder einen genauen Tagesplan und Angaben darüber, was die Kinder essen und wie lange sie am Computer spielen dürfen.

„Mama, du bist nur einen Tag bei diesem Krimi-Workshop. Dafür hättest du Oma gar nicht herholen müssen", nörgelt die zwölfjährige Paulina.

„Genau, Papa wollte doch mit uns in den Freizeitpark. Da gibt es genug Imbissbuden", ergänzt ihr vierzehnjähriger Bruder Justus und sieht sie missmutig an.

„Kinder in eurem Alter brauchen jeden Tag eine vernünftige, warme Mahlzeit", erwidert Sandra geduldig, ohne von ihrer Liste aufzublicken.

„Pizza ist auch warm und schmeckt viel besser als Omas Gemüsesuppe", kräht Leonard, der jüngste der drei Geschwister. Mit seinen acht Jahren ist er Sandras kleiner Sonnenschein.

„Aber Gemüsesuppe ist viel gesünder als Pizza, mein Schatz", belehrt sie ihn mit einem liebevollen Lächeln, während sie ihm gleichzeitig durch die lockigen blonden Haare streicht.

„Nicht, Mama. Ich will das nicht mehr. Ich bin doch schon groß", wehrt er ab und hüpft davon.

„Ihr werdet ganz lieb zu Oma sein. Wenn ihr irgendetwas braucht, könnt ihr mich jederzeit anrufen. Meine Handynummer habt ihr ja. Papa holt Oma gerade ab und wird sicher gleich hier sein. Ich mache mich jetzt auf den Weg. Schließt die Haustür hinter mir ab und öffnet niemandem die Tür…."

„… man weiß nie, wer davor steht!", ergänzen die Kinder dreistimmig und verdrehen dabei die Augen. Sie kennen den Lieblingsspruch ihrer Mutter genau.

Sandra nickt zufrieden lächelnd und verabschiedet sich dann mit einem Kuss von den Kindern, ohne auf deren genervtes Seufzen zu achten.

Als sie im Flur am Spiegel vorbei kommt, wirft sie einen letzten prüfenden Blick hinein. Zufrieden stellt sie fest, dass kein graues Haar zu sehen ist. Es war doch gut, auf den Rat ihres Friseurs zu hören und ihr Haar kastanienrot zu färben, eine Farbe, die ihr ausgesprochen gut steht. Sie unterstreicht ihre helle Haut und harmoniert mit dem cremefarbenen Leinenkostüm, das sie für den heutigen Tag gewählt hat.

Beschwingt ergreift sie ihre lederne Aktentasche mit dem Schreibmaterial und verlässt das Haus am Dortmunder Phönix-See, um an einem Krimi-Workshop einer bekannten Autorin auf einem historischen Schloss teilzu-nehmen. Ihr Mann hat sie mit der Anmeldung zu diesem exklusiven Schreibkurs überrascht, nachdem sie einmal erwähnt hat, dass sie ein kreatives Hobby sucht, bei dem sie ihre Fantasie ausleben kann.

Sandra kennt das Schloss nicht und hat ein prächtiges weißes Märchenschloss, ähnlich wie Neuschwanstein, vor Augen.

Sie ist schon sehr gespannt, wer heute noch an diesem Kurs teilnehmen wird.

Berthold Köhler

Auch Berthold Köhler hat sich auf den Weg zum Schloss in Hohenlimburg gemacht. Auf seinem Fahrrad strampelt er die steilen Serpentinenstraße des Schlossberges hinauf.

Seine sonnengebräunten, muskulösen Beine stecken in kurzen Radlerhosen und sein breiter Brustkorb wird von einem weißen Shirt bedeckt. Auf den Gepäckträger seines Tourenrades hat er Schlafsack und Isomatte geklemmt. Falls sich das Seminar zu lange hinzieht, schafft er den Heimweg nach Köln vielleicht nicht mehr. Für seine Verpflegung hat er ebenfalls gesorgt, denn es ist schon oft vorgekommen, dass bei solchen Tagungen nicht an die Veganer unter den

Teilnehmern gedacht wurde. Auf seine Tofu-Schnitten und die Sojamilch will er schließlich nicht verzichten.

Wie gut, dass es nun nicht mehr regnet. Der Regen letzte Nacht hat die Straßen glatt und rutschig gemacht, doch jetzt hat er sein Ziel fast erreicht. Als sich der Wald, durch den die Straße bisher führte, endlich lichtet, kann er einen ersten Blick auf das Schloss werfen. Es steht auf einem Bergrücken über der kleinen Stadt an der Lenne. Auf den ersten Blick erinnert es allerdings eher an eine mächtige Burg, weniger an ein Schloss.

Während Berthold nun kurz anhält, wird er von einem Porsche überholt, der rücksichtslos durch die Pfützen rast und ihm eine unfreiwillige Dusche verpasst.

„Idiot, kannst du nicht aufpassen! Jetzt ist das Shirt ruiniert", schimpft Berthold, während er sich sein mit dunklen Flecken gesprenkeltes Shirt ansieht. Wütend tritt er noch einmal in die Pedale und steht kurz darauf vor einem geschlossenen Tor in den hohen Mauern des Schlosses, das von einem Pförtner überwacht wird.

Rüdiger Nolte

Der feuerroten Porsche wird von Rüdiger Nolte gesteuert, der gerade schwungvoll vor das geschlossene Tor fährt. Hier wird ihm die Weiterfahrt auf das Schlossgelände verwehrt. Ratlos sieht er sich um. Wo ist denn nun dieses unbekannte Schloss?

In dem Moment wird er angesprochen: „Sie müssen Ihr Fahrzeug auf dem Parkplatz abstellen. Auf dem Schlosshof sind Autos nicht erlaubt", erklärt ihm ein höflich lächelnder Pförtner, der aus einem grün gestrichenen Häuschen schaut und von dort den Zugang kontrolliert.

„Wie weit ist es denn noch bis zu diesem Schloss? Ich bin Teilnehmer einer heutigen Veranstaltung", erklärt Rüdiger, nachdem er den auffälligen Wagen dicht neben dem geschlossenen Tor geparkt hat.

„Folgen Sie dem gepflasterten Weg hinauf, durch den Torbogen dort rechts. Dahinter befindet sich der Schlosshof. Frau Schreiber erwartet Sie bereits. Zwei weitere Kursteilnehmer sind ebenfalls schon angekommen."

Nachdem Rüdiger das Gelände betreten hat, schließt der Pförtner die hohen, schmiedeeisernen Tore hinter ihm und zeigt auf den mit Kopfsteinen gepflasterten Weg. Der steigt steil an und endet an einer hölzernen Brücke, hinter der ein gemauerter, hoher Torbogen zu sehen ist. Auf der linken Seite befindet sich eine brusthohe, breite Mauer, die das Gelände umgibt. Rechts steht eine Remise mit drei hohen Holztoren, die allerdings geschlossen sind. Dahinter ragen die mächtigen Schlossmauern auf.

Rüdiger Nolte zieht seine schwarze Lederjacke über, steckt seine Brille in die Brusttasche und macht sich auf den Weg.

Gesine Arnold

Gelangweilt streicht Gesine Arnold ihr langes blondes Haar aus dem sorgfältig geschminkten Gesicht. Desinteressiert lässt sie ihren Blick über den von hohen Mauern umgebenen Schlosshof schweifen, bis er wieder bei der unscheinbaren Frau neben ihr landet.

Angewidert starrt sie auf deren abgestoßene braune Halbschuhe. Auch die beige Cordhose ist sicher nicht neu, und die Bluse in einem verwaschenen rostbraun, beißt sich mit ihren rotblonden, schulterlangen Haaren. Die Frau legt eindeutig keinen Wert auf ein gepflegtes Äußeres.

Stolz betrachtet Gesine ihre eigenen langen, schlanken Beine, die in einer strahlend weißen Jeans stecken und in ebenso weißen Sneakers enden. Dazu trägt sie eine hellblaue Bluse, in der sie allerdings im Moment fröstelt, da die Sonne mal wieder hinter dichten Wolken verschwunden ist. Sie hätte doch eine ihrer trendigen Jacken mitnehmen sollen. Nervös sucht sie in ihrer riesigen Handtasche, in der auch ihre Schreibutensilien untergebracht sind, nach ihrem Taschenspiegel. Nachdem sie ihr makelloses Make-up überprüft hat, schließt sie die Tasche wieder.

Ob es richtig war, sich hier anzumelden? Ihr Agent hatte sie auf diesen Schreib-

Workshop aufmerksam gemacht, als sie ihm erzählte, dass sie gerne ein Buch schreiben würde. Nun wartet sie im Schlosshof gespannt auf die restlichen Teilnehmer.

Heidrun Bauer

Eingeschüchtert schaut Heidrun Bauer zu der superschlanken jungen Frau auf. Sie ist mindestens eins-achtzig groß und sieht aus wie ein Model aus den bekannten Hochglanzmagazinen. Heidrun ist sich ihrer eigenen schlichten Garderobe wohl bewusst, doch ihr schmales Gehalt als Rechts-anwaltsgehilfin lässt keine teure Markenmode zu.

Das heutige Seminar war ein Geschenk ihrer Patentante zu ihrem fünfundzwanzigsten Geburtstag. Sie selbst hätte sich nie dazu angemeldet. Sie hat viel zu wenig Fantasie, um einen spannenden Krimi zu schreiben. Heute will sie sich im Hintergrund halten und von den anderen Kursteilnehmern lernen.

Sie ist hier unter dem Schlossberg in Hohenlimburg, am Rande des Ruhrgebiets, aufgewachsen und kennt das Schloss, das eigentlich eine Höhenburg aus dem 13. Jahrhundert ist, genau. Der landläufigen Vorstellung eines Schlosses entspricht die Burg mit ihren dicken Mauern wahrlich nicht, doch es handelt sich um das Wahrzeichen der kleinen Stadt, auf das man hier sehr stolz ist.

Schnell wirft Heidrun einen verstohlenen Blick zu der anderen Frau, die ebenfalls auf dem Schlosshof wartet. Es handelt sich um die Kursleiterin, Evelyn Schreiber, eine bekannte Autorin historischer Romane. Heidrun kennt ihr Bild aus der Presse und hat natürlich auch ihre Bücher gelesen. Sie ist fasziniert von den Geschichten über das Leben am französischen Hof und fragt sich, wie die Autorin an die notwendigen Informationen über die vielen historischen Persönlichkeiten gekommen ist, die in ihren Romanen eine wichtige Rolle spielen. Heidrun hätte auch gern so viel Fantasie. Ein spannendes Buch zu schreiben, wird ihr sicher nie gelingen.

Evelyn Schreiber

Evelyn Schreiber beobachtet die ankommenden Teilnehmer ihres heutigen Workshops und versucht, sich bereits vorab ein Bild von jedem zu machen.

Da ist die junge Blondine, die so gelangweilt in die Gegend schaut und dabei immer wieder verächtlich auf die kleine, rundliche Frau neben sich blickt. Die wiederum scheint sich hier überhaupt nicht wohl zu fühlen. Evelyn ist sich jetzt schon sicher, dass deren mangelndes Selbstbewusstsein ihr heute noch einige Probleme bereiten wird.

Gerade hat sie einen Blick auf den Parkplatz geworfen, wo ein knallroter Porsche parkt, aus dem dieser alternde Playboy ausgestiegen ist, der jetzt den Schlosshof betritt und sich neugierig umsieht. Während er die anderen ignoriert, reicht er der Blondine mit einer übertriebenen Geste die Hand und stellt sich vor: „Rüdiger Nolte, vom Nolte-Verlag in Düsseldorf, wie immer auf der Suche nach unbekannten Talenten. Ich bin mir sicher, dass ich beim heutigen Workshop fündig werde. Ich habe ein Auge für zukünftige Bestsellerautoren. Sie sehen wie eine besonders kreative Autorin aus. Sind Sie bereits bei einem Verlag unter Vertrag?"

„Nein, leider noch nicht. Ich habe mir vorgenommen, ein Buch über die anspruchsvolle Arbeit eines erfolgreichen Models zu schreiben, aber mir fehlt noch etwas Erfahrung als Autorin. Zu diesem Kurs habe ich mich auf Anraten meines Agenten angemeldet, der von meiner Buch-Idee begeistert war."

„Das ist doch auch ein fantastisches Thema, das sicher ein breites Publikum interessiert. Wir sollten uns unbedingt noch einmal darüber unterhalten", umschmeichelt der Verleger die junge Frau.

Evelyn muss ein Grinsen unterdrücken, denn diese plumpe Anmache ist schon fast wieder lustig. Ob die Blondine darauf anspricht?

Und tatsächlich strahlt sie den Mann begeistert an. Sofort legt sie ihm die langen, schmalen Finger auf den Arm und erklärt mit halblauter Stimme ihre Ideen zu dem von ihr geplanten Buch.

Nicht zu fassen, wie leicht sie zu beeindrucken ist.

Nun betritt ein sportlicher Typ in Radlerhose den Schlosshof, der sein Fahrrad über das Kopfsteinpflaster schiebt. Nachdem er das Rad abgeschlossen hat, wechselt er noch sein verschwitztes Shirt. Er ist sich offensichtlich bewusst, dass man ihn dabei beobachtet und seinen muskulösen Oberkörper sehen kann. Zufrieden registriert er die verstohlenen Blicke der drei Damen, während der Verleger ihn demonstrativ ignoriert.

Ein Blick auf ihre Armbanduhr zeigt Evelyn, dass es Zeit ist, die Teilnehmer zu begrüßen.

„Herzlich Willkommen zu unserem heutigen Krimi-Workshop auf Schloss Hohenlimburg. Mein Name ist Evelyn Schreiber, und ich werde den Kurs heute leiten. Es fehlt allerdings noch eine Teilnehmerin. Wir warten also noch fünf Minuten. Wenn alle vollzählig sind, können wir in einem der Turmzimmer unsere Taschen ablegen, um mit einem kurzen

Rundgang durch das Schloss den heutigen Tag zu beginnen."

„Hallo! Ich bin schon da. Entschuldigen Sie meine Verspätung, aber ich musste dringend noch einmal zu Hause anrufen. Mein Name ist Sandra Winter. Ich war mir nicht sicher, ob ich hier richtig bin, denn wie ein Schloss sieht das hier absolut nicht aus. Doch der Pförtner hat mir bestätigt, dass ich mich hier im Schloss Hohenlimburg befinde", stellt sich die Mittvierzigerin vor, während sie auf ihren High-heels über das unebene Kopfsteinpflaster stöckelt.

„Willkommen zu unserem heutigen Krimi-Workshop. Dann können wir ja nun unser Arbeitszimmer aufsuchen. Bitte vorsichtig auf der Treppe! Sie ist sehr steil und ausgetreten und nur spärlich beleuchtet. Nicht dass sich schon jemand im Vorfeld den Hals bricht", versucht Evelyn einen Scherz, um die angespannte Stimmung aufzulockern. Höfliches Gelächter antwortet ihr.

Hintereinander tasten sich die Teilnehmer die dunkle Treppe hinauf.

Krimi-Workshop

Als die Gruppe im lichtdurchfluteten Turmzimmer ankommt, bewundern alle die mit hellen Holzkassetten verkleidete Decke und die fliesenbedeckten Wände.

Zwischenzeitlich hat die Sonne den Kampf gegen die grauen Wolken gewonnen und strahlt durch die Butzenscheiben. Die Aussicht in drei Himmelsrichtungen über die herbstlich gefärbten Wälder und das Lennetal ist einfach fantastisch.

„Davon muss ich unbedingt ein Foto für meine Kinder machen", erklärt Sandra und holt ihr mit Glitzersteinen verziertes Smartphone aus der ledernen Aktentasche.

Nachdem sie einige Bilder gemacht und verschickt hat, blickt sie sich im Turmzimmer um. In der Mitte des kleinen Raumes steht ein runder Tisch, an dem sich nun jeder einen Platz sucht. An der fensterlosen Seite ist eine mit einem Kamingitter gesicherte Feuerstelle, vor die ein moderner Heizofen gestellt wurde. Im Moment ist dieser allerdings unnötig, denn in dem Zimmer ist es angenehm warm.

„Wir befinden uns hier im sogenannten Nassauer Schlösschen, einem Anbau an das eigentliche Schloss. Hier hat früher einmal der Schlossverwalter gewohnt. Ich denke, wir sollten mit einer Vorstellungsrunde beginnen. Wie schon gesagt, ist mein Name Evelyn Schreiber, vierundfünfzig Jahre alt, aus Dortmund. Seit einigen Jahren schreibe ich hauptberuflich historische Romane. Diese Schreib-Workshops sind sozusagen mein Hobby. Wenn alle damit einverstanden sind, würde ich vorschlagen, dass wir uns duzen."

Fragend blickt Evelyn in die Runde. Die Kursteilnehmer schauen sich fragend an und antworten dann alle mit einem zustimmenden Nicken.

„Dann bin ich wohl die Nächste. Mein Name ist Sandra Winter. Mein Mann, Dr. Klaus Winter, betreibt die bekannte Winter-Augenklinik im Sauerland. Ich habe drei wunderbare Kinder und lebe ebenfalls in Dortmund, in einer Villa am Phönix-See."

Sandra verschweigt, dass sie eigentlich einen exklusiveren Kurs in einem wesentlich imposanteren Fürstenhaus erwartet hat.

„Hallo allerseits, ich bin Berthold Köhler aus Köln", stellt sich der sportliche Mann vor.

„Du bist sicher nicht heute Morgen mit dem Fahrrad aus Köln gekommen", wirft Rüdiger Nolte mit spöttisch hochgezogenen Augenbrauen ein.

„Nein, ich bin mit dem Zug gekommen. Erst hier am Bahnhof bin ich aufs Rad gestiegen, aber wenn es nicht zu spät wird, werde ich heute Abend damit zurück nach Hause fahren." Man merkt Berthold seine Verärgerung deutlich an.

„Kann es sein, dass ich dich schon einmal bei einem Workshop gesehen habe?", geht Evelyn dazwischen, die den lockeren Spruch von Rüdiger Nolte ebenfalls unangemessen findet. Sie ist sich aber sicher, bereits einmal mit Berthold Köhler gearbeitet zu haben.

„Ja, vor vier Wochen in Essen war ich auch dabei. Ich nehme regelmäßig an Schreib-Kursen teil, um Erfahrungen zu sammeln. Eines Tages werde ich ein Überlebens-Handbuch für Radfahrer im Stadtverkehr schreiben. Viele trauen sich heute nicht mehr, in der Stadt aufs Rad zu steigen. Das will ich mit meinem Ratgeber ändern." Selbstbewusst blickt Berthold in die Runde.

„Darüber sollten wir uns später noch einmal unterhalten, Berti", kommt daraufhin von Rüdiger Nolte.

„Bitte nennt mich nicht Berti, mein Name ist Berthold!", stellt der Radler verstimmt fest.

„Ist ja schon gut, ich werde es mir merken", antwortet Rüdiger Nolte jetzt ebenfalls beleidigt, dann schaut er in die Runde und als er sicher ist, die volle Aufmerksamkeit der anderen Teilnehmer zu haben, stellt er sich ebenfalls vor: „Mein Name ist Rüdiger Nolte, vom Nolte-Verlag in Düsseldorf. Ich bin ständig auf der Suche nach unbekannten Autoren. Mit der Unterstützung meines Verlages kann jedes Buch ein Bestseller werden."

Evelyn beobachtet ihre Kursteilnehmer, die plötzlich fasziniert an Rüdigers Lippen hängen.

Sie hat schon vom Nolte-Verlag gehört, bei dem die zukünftigen Bestseller-Autoren allerdings immer erst in Vorleistung treten müssen. Die eingereichten Manuskripte werden bearbeitet, lektoriert und dann veröffentlicht, allerdings trägt der Autor das volle Risiko und alle damit verbundenen Kosten.

„Wir bieten unseren Autoren volle Unterstützung beim Lektorat, dem Layout und dem Vertrieb ihres Buches. Auch um individuelle Werbeaktionen kümmern wir uns. Bei uns ist >Ihr Buch< in besten Händen!", wirbt der Verleger ungeniert weiter.

„Das hört sich total cool an. Mein Name ist Gesine Arnold und ich arbeite als Model für angesagte, exklusive Labels. Ich plane gerade, ein Buch über das Leben eines Models zu schreiben. Dann könntest du doch mein Buch verlegen", strahlt die Blondine Rüdiger Nolte an.

„Wie wäre es, wenn wir beide uns heute Abend bei einem Abendessen darüber unterhalten würden? Da gibt es natürlich noch eine Menge zu besprechen, doch ich bin auf jeden Fall sehr an deinem Buch interessiert", antwortet Rüdiger und zwinkert der Blondine vertraulich zu.

„Zuerst sollten wir uns mit dem heutigen Workshop beschäftigen", mischt sich

Evelyn ein, um wieder zum Thema des heutigen Tages zu kommen. Jetzt sieht sie die letzte Teilnehmerin an und fordert diese ebenfalls zur Vorstellung auf.

„Ich bin Heidrun Bauer, komme aus Hohenlimburg und möchte heute nur zuhören, um möglichst viel über das Bücherschreiben zu lernen. Wenn es den anderen Teilnehmern nichts ausmacht, würde ich mir gern einige Notizen machen", stellt sich diese mit leiser Stimme vor, ohne weitere Informationen über sich preiszugeben.

„Warum nicht. Wenn jemand etwas dazulernen möchte, ist doch nichts dagegen einzuwenden", meint Sandra Winter achselzuckend und schaut die anderen Teilnehmer fragend an. Die nicken zustimmend.

„Danke, so kann ich sicher eine Menge von Ihnen lernen. Ich bin Ihnen sehr dankbar dafür", flüstert Heidrun und schaut verschämt auf die vor ihr liegenden Unterlagen.

„Dann sollte das also kein Problem sein", stellt Sandra abschließend fest.

Schlossbesichtigung

„Wir wollen jetzt unsere Besichtigungstour durch das Schloss beginnen, um den >Tatort< für unseren ersten gemeinsam erarbeiteten Krimi kennenzulernen", beendet Evelyn die Vorstellungsrunde und beginnt eine Führung durch die zahlreichen Kammern und herrschaftlichen Räume.

Ihr Weg führt die Gruppe durch die diversen Treppenhäuser des Schlosses. Auch der Dachboden, auf dem gefährlich wirkende, unbefestigte Holzplanken den Boden bedecken, wird besichtigt.

Plötzlich schreit Sandra Winter erschrocken auf.

„Etwas hat mich berührt. Irgendetwas ist hier, ich habe es genau gespürt", schreit sie und schlägt mit den Armen wild um sich.

„Keine Angst! Es passiert euch nichts. Wir haben sicher nur einige Bewohner dieser Dachkammern aufgeschreckt", beruhigt Evelyn Schreiber mit einem geheimnisvollen Lächeln.

„Was sind das denn für Bewohner? Ich kann keinen sehen", fragt Berthold interessiert nach.

„Hier oben leben einige Fledermäuse. Die Tiere sind aber eigentlich nachtaktiv ", ist die erste Bemerkung, die nach der Vorstellungsrunde von Heidrun Bauer kommt.

„Genau, hier auf dem Dachboden des Schlosses wohnt eine Kolonie Fledermäuse. Also keine Panik, die Tiere tun nichts. Wir haben sie lediglich geweckt. Jetzt sollten wir sie schlafen lassen und uns stattdessen das Verlies ansehen. Da das Schloss auf einem Felsen erbaut wurde, gibt es keine unterirdischen Räume. Man hat stattdessen einen Turm gebaut, den wir gleich besichtigen werden", erklärt Evelyn Schreiber und führt ihre Gruppe zurück auf den Schlosshof.

Sie zeigt den Teilnehmern einen runden Turm, der etwas erhöht auf dem felsigen Untergrund steht. Eine kleine Holztür verschließt das aus Feldsteinen erbaute Gebäude. Evelyn öffnet diese Tür mit einem riesigen alten Schlüssel und lässt die Gruppe eintreten. Doch zu deren

Erstaunen ist der Boden des Raumes keineswegs eben, sondern fällt zur Tür hin stark ab.

„Man hat das Verlies einfach auf den nackten Felsen gebaut. Damals gab es ja noch keine Sicherheitsvorschriften oder eine Bauaufsichtsbehörde", scherzt Evelyn. „Früher wurden die Schuldner des Schlossherrn von oben durch eine Klappe in das Verlies geworfen. Manche haben sich schon dabei schwer verletzt. Diese Tür, durch die wir das Verlies betreten haben, soll erst sehr viel später eingebaut worden sein. Die Gefangenen haben ihre Zeit also in völliger Dunkelheit verbracht. Nur wenn die Familien die Schulden bezahlen konnten, wurde der Schuldner freigelassen. Manchmal saßen auch ganze Familien gemeinsam in diesem Verlies", erzählt Evelyn Schreiber den staunenden Zuhörern.

„Das hört sich ja ganz furchtbar an. Gut, dass sich die Zeiten geändert haben. Wer weiß, ob mein Mann für meine Freilassung bezahlt hätte", scherzt Sandra und lacht laut.

Dann macht sie noch einige Handyfotos von der nur einen Meter hohen Tür des Verlieses. Mit ihren hohen Absätzen hat sie auf eine Besichtigung des dunklen, unebenen Raumes verzichtet.

„Ja, das Leben der einfachen Bauern war schon immer hart. Ich wäre auch lieber der Fürst, als der arme Bauer", bemerkt Berthold, bevor er vorsichtig den dunklen Kerkerraum verlässt.

„Jetzt sehen wir uns noch an, wie der Schlossherr gelebt hat. Dort drüben sind die herrschaftlichen Privatgemächer", zeigt Evelyn auf eine weitere Tür im Hauptgebäude.

Hinter der Tür befindet sich ein hoher Raum mit schweren, roten Samtvorhängen vor den Fenstern. An den fliesenbedeckten Wänden hängen riesige, dunkle Portraits und Bilder, auf denen das Schloss zu erkennen ist.

„Wir befinden uns nun im sogenannten Fürstensaal. Die Bilder an den Wänden zeigen die fürstlichen Ahnen, die die Burg im 13. Jahrhundert auf diesem Berg errichtet haben. Es gab im angrenzenden Zimmer sogar einen Ofen, der den

Fürstensaal bei Bällen oder anderen Veranstaltungen beheizt hat", erzählt Evelyn, während sie die Tür zu dem kleinen Nebenraum öffnet. Neugierig werfen alle einen Blick in die kleine Kammer, in der sich noch ein gusseiserner Ofen befindet. Dann folgen sie Evelyn eine weitere Treppe hinauf.

„Die Räume sind ja völlig leer", stellt Sandra Winter enttäuscht fest.

„Der Schlossherr hat die Möbel schon vor einiger Zeit entfernen lassen. Nur noch der Fürstensaal wird für gelegentliche Veranstaltungen, wie zum Beispiel Hochzeiten, genutzt. Die Unterhaltskosten eines solchen Gebäudekomplexes sind auch heute noch sehr hoch, selbst wenn sich die Denkmalbehörde beteiligt und einiges dazu gibt", erklärt Evelyn. „Jetzt kommen wir aber zu einem besonderen Höhepunkt der Führung!"

Die Kursteilnehmer dürfen einen Blick auf die >schwarze Hand< werfen, ein Relikt aus der wechselvollen Geschichte des Schlosses.

Die vertrocknete Hand wird in einem luftdichten Glaskasten in einer kleinen

Kammer aufbewahrt. Alle starren etwas angeekelt auf das verschrumpelte Ding in der Vitrine.

Nachdem Sandra auch davon einige Handyfotos gemacht hat, erzählt Evelyn den Teilnehmern die uralte Geschichte der Hand.

Darin wird von einem unartigen Jungen berichtet, der eines Tages die Hand gegen seine Mutter erhob. Als die Mutter ihrem Gatten am Abend davon erzählte, schlug sein Vater dem ungezogenen Sohn die Hand mit einem einzigen Hieb seines Schwertes ab.

„Das ist natürlich nur eine Geschichte, denn die Hand wurde bei alten Gerichtsakten gefunden. Der Fürst durfte im Mittelalter auch Recht über seine Untertanen sprechen. Zu der Zeit wurde Taschendieben noch die Hand abgeschlagen, um weitere Diebstähle zu verhindern. Daher wird die Hand eher einem überführten Dieb gehört haben. Eine andere Möglichkeit ist, dass es sich um einen Erbstreit handelte. Wollte ein Nachfolger sein Erbe antreten, musste er nachweisen, dass der Erblasser tatsächlich tot war. Dazu wurde der Leiche die Hand abgetrennt und bei Gericht vorgelegt. Vielleicht ist diese Hand aber auch nur zufällig bei den Akten gelandet. Gefunden wurde sie jedenfalls erst vor einigen Jahren, nachdem der Blitz in den Turm einschlug. Bei den Aufräumarbeiten wurde unter anderem ebendiese Hand gefunden", beendet Evelyn die Geschichte, der die Teilnehmer fasziniert zugehört haben.

„Echt gruselig", meint Gesine und schüttelt sich. Auch den anderen Teilnehmern ist ihr Unbehagen anzusehen.

Als die Gruppe den Gebäudeteil mit den Privatgemächern verlässt, schließt ein älterer Mann die Tür zu einem Gebäude auf der gegenüberliegenden Seite des Schlosshofes auf.

„Was ist denn in dem Gebäude", fragt Berthold und schaut neugierig durch eines der Fenster.

„Dort ist das Kaltwalzmuseum untergebracht. Hohenlimburg war lange Zeit das Zentrum der Kaltwalzindustrie. Das Museum ist allerdings nur am Wochenende geöffnet. Wir können es also heute leider nicht besichtigen. Darum sollten wir jetzt zurück in unser Arbeitszimmer gehen und mit unserem Schreibkurs beginnen. Vielleicht fällt euch eine ebenso spannende Story, wie die der schwarzen Hand, ein", motiviert Evelyn ihre Gruppe mit einem aufmunternden Lächeln.

Kreativität

Bald darauf sitzen die Kursteilnehmer wieder am runden Tisch des Turmzimmers des Nassauer Schlösschens und entwerfen ein Konzept für ihren ersten gemeinsamen Krimi.

Heidrun beteiligt sich nicht an den Vorschlägen und Diskussionen, doch sie schreibt alle Ideen und Anregungen der anderen in ein Heft, das sie für diesen Zweck mitgebracht hat.

„So, jetzt habt ihr ein Konzept mit den Protagonisten, dem Tatort und dem möglichen Motiv. Nun könnt ihr daraus eine Story entwickeln. Jeder sollte sich Gedanken zu seiner Version der Geschichte machen und diese aufschreiben. Aus diesen Rohfassungen kann dann eine gemeinsame Story entwickelt werden", ermutigt Evelyn ihre Gruppe, kreativ zu werden.

Schon wieder klingelt Sandras Telefon.

„Entschuldigung, aber da muss ich jetzt rangehen. Es ist meine Mutter, die heute auf meine Kinder aufpasst. Vielleicht ist irgendetwas passiert", entschuldigt sie sich und eilt mit dem Handy vor die Tür. Wenig später ist sie wieder zurück.

„Gibt es Probleme?", will Evelyn besorgt wissen.

„Nein, alles in Ordnung. Der Kleine wollte nur wissen, wann ich nach Hause komme. Er ist es nicht gewohnt, dass ich so lange weg bin", entschuldigt sich Sandra noch einmal für die Störung. „Dann fange ich jetzt mal an."

In der nächsten Stunde sind alle eifrig bei der Arbeit. Evelyn wandert von einem zum anderen und gibt Tipps, wenn jemand nicht weiterkommt.

Seite um Seite wird von den Teilnehmern gefüllt, die konzentriert bei ihrer Aufgabe sind.

Nur Heidrun Bauer scheint mit ihrer Version des Krimis Schwierigkeiten zu haben. Sie blickt immer wieder mit gerunzelter Stirn aus den Fenstern und denkt angestrengt über den Fortgang ihrer Geschichte nach.

„Brauchst du Hilfe?", wird sie leise von Evelyn angesprochen.

„Nein, danke, es hilft ja doch nicht. Ich kann so etwas einfach nicht. Ich werde nie ein Buch schreiben können", antwortet Heidrun immer verzweifelter.

„Nur nicht aufgeben. Du schaffst das schon. Schreib einfach alles auf, was dir einfällt. Du kannst es hinterher immer noch ändern", versucht Evelyn sie zu ermutigen.

Am frühen Nachmittag sind alle mit ihren eigenen Ideen fertig und stolz werden die bisherigen Aufzeichnungen vorgestellt.

Heidrun stenografiert, von den anderen belächelt, alles mit. Ihre eigene Version der Geschichte möchte sie allerdings nicht vorlesen.

„Ich kann einfach keinen Krimi schreiben. Mir ist wirklich nichts Gutes eingefallen", wehrt sie die Fragen der anderen ab.

Sandra schüttelt darüber missbilligend den Kopf. Dann widmen sich alle wieder ihren Texten, aus denen sie jetzt gemeinsam mit viel Fantasie einen spannenden Krimi entwickeln.

Als der Kurs am Abend endet, sind tatsächlich die Grundzüge eines Krimis, der in den Räumen des mittelalterlichen Schlosses spielt, entstanden.

Der Titel lautet >Die schwarze Hand<, weil dieses Relikt bei den Workshop-Teilnehmern eindeutig den größten Eindruck hinterlassen hat.

Der Krimi handelt von einer jungen Frau, Marie Wagenfeld, die sich in finanziellen Schwierigkeiten befindet. Sie hat bei einem zwielichtigen Typen Drogen gekauft, doch um ihre Drogensucht weiterhin finanzieren zu können, braucht sie dringend mehr Geld. Sie hat aber keine Ahnung, wie sie an so viel Geld kommen soll. Dann liest sie einen Artikel über die schwarze Hand, und dass für solche Kuriositäten von Sammlern hohe Preise gezahlt werden. Sie beschließt, die schwarze Hand zu stehlen und im Internet zu verkaufen. Doch ihre

Kenntnisse über den Internethandel sind gering. Sie ist überzeugt, dass sie im Netz völlig anonym bleiben kann.

Anlässlich einer Ausstellung ist das Schloss für das interessierte Publikum geöffnet und sie hat endlich die Möglichkeit, es ungehindert zu betreten. Gut ausgerüstet schleicht sie sich zu der Vitrine und schlägt diese gewaltsam mit einem Hammer ein. Durch den Lärm wird der Schlossherr aufmerksam und überrascht die Diebin. Als die bemerkt, dass ihr Diebstahl beobachtet wurde, ermordet sie den unerwarteten Zeugen. Da sich zu dem Zeitpunkt viele Menschen im Schloss befinden, werden auch andere Schlossbesucher von dem Lärm aufgeschreckt und sehen den brutalen Mord mit an. Sie alarmieren daraufhin die Polizei. Marie Wagenfeld versteckt sich im Schloss und beginnt eine unheimliche Jagd auf alle Zeugen, um sie ebenfalls zu ermorden. Als die Polizei endlich eintrifft und das Gebäude durchsucht, findet sie neben dem toten Schlossherrn noch drei weitere Leichen. Marie Wagenfeld kann mit Hilfe eines mitgebrachten Seiles über die hohen Mauern fliehen und taucht unter.

Als sie einige Tage später versucht, die gestohlene Hand im Internet zu verkaufen, gelangt die Polizei an ihre Kontaktdaten. Am Ende wird sie doch noch verhaftet und wegen vierfachen Mordes verurteilt.

Das Konzept gefällt allen.

„Die Story muss natürlich noch weiter ausgebaut und überarbeitet werden. Die Protagonisten brauchen noch mehr Profil, aber der Plot ist schon ganz gut", stellt Rüdiger fachmännisch fest.

„Für einen Tag habt ihr jedenfalls viel geschafft. Ich hoffe, es hat allen ebenso viel Spaß gemacht wie mir. Ich würde mich freuen, wenn ich euch bei einem anderen Workshop wiedersehe. Für heute machen wir Schluss", beendet Evelyn schließlich die Veranstaltung.

Zufrieden mit dem Ergebnis fragt Rüdiger in die Runde: „Sollen wir noch irgendwo zusammen etwas essen gehen? Es war ein so erfolgreicher Tag für uns. Ich finde, er sollte noch nicht enden."

„Ich schwinge ich mich gleich auf mein Rad", antwortet Berthold.

„Du willst doch nicht jetzt im Dunkeln nach Köln radeln?", fragt Gesine überrascht.

„Nein, ich habe einen Freund in der Nähe, den ich noch besuchen werde. Ich fahre erst morgen nach Köln. Mein Freund hat mir aber von einer Abkürzung erzählt, die mir die unbeleuchteten Serpentinen des Schlossberges nach Hohenlimburg ersparen kann. Außerdem ist die Wahrscheinlichkeit, in diesem kleinen Ort ein veganes Restaurant zu finden, doch sehr gering. Ich bin dann jetzt weg. Vielleicht sieht man sich mal wieder", verabschiedet sich Berthold und verlässt das Turmzimmer.

Als Evelyn einen Blick aus dem Fenster in die zunehmende Dunkelheit wirft, sieht sie gerade noch, wie Berthold, in eine dunkle Regenjacke gekleidet, den Parkplatz verlässt. Ihr fällt auf, dass das Rücklicht seines Rades nicht funktio-niert.

„Na, dann nicht. Was ist mit euch? Wollt ihr auch schon nach Hause", fragt Rüdiger noch einmal und sieht Sandra und Gesine fragend an. Heidrun ignoriert er ebenso wie Evelyn.

„Tut mir leid, Rüdiger, aber ich muss unbedingt nach Hause. Es wird bereits dunkel und meine Kinder warten schon auf mich", entschuldigt sich Sandra, packt schnell die Unterlagen und ihr Smartphone in ihre Aktentasche und verlässt das Turmzimmer. Sie eilt die Treppe hinunter, durch den Torbogen und dann über den steilen Weg bis zum Parkplatz.

Das Gittertor ist nun geöffnet, denn der Pförtner hat bereits Feierabend. Dunkel und verlassen liegt der Parkplatz vor ihr. Ein unheimliches Flattern ist plötzlich zu hören und Sandra erinnert sich mit Schaudern an die Fledermäuse. Schnell schließt sie die Autotür auf, denn so ganz allein ist ihr die dunkle Umgebung unheimlich. Dann startet sie den Motor, um mit ihrem dunkelblauen BMW nach Hause zu fahren.

Rüdiger wirft einen Blick zu Gesine, die ebenfalls ihre Unterlagen einpackt. Gesine bemerkt seinen Blick und lächelt ihn an: „Ich hätte noch Zeit. Wir wollten doch sowieso noch einmal über mein Buchprojekt sprechen", schnurrt sie und strahlt Rüdiger verführerisch an. Der lächelt wissend und zwinkert ihr zu.

„Das habe ich natürlich nicht vergessen. Es ist mir ein Vergnügen, dich in ein fantastisches Restaurant in Düsseldorf zu entführen. Lass uns gehen", führt er Gesine galant zu seinem Porsche, ohne sich noch einmal nach Evelyn und Heidrun umzusehen.

Als letzte packt auch Heidrun die gesammelten Aufzeichnungen in ihren Rucksack und verabschiedet sich von Evelyn.

„Vielen Dank für diesen Tag. Ich habe so viel gelernt, obwohl ich wohl nie ein Buch schreiben werde. Dieser Workshop wird mir bestimmt immer in Erinnerung bleiben", bedankt sie sich noch einmal herzlich bei der Kursleiterin. Dann macht auch sie sich auf den Weg zum Parkplatz, wo ihr alter Golf steht.

Einige Zeit später hat Evelyn im Turmzimmer aufgeräumt und besteigt ebenfalls ihr Auto. Auch sie nimmt den dunklen Weg vom Schloss in Richtung Hohenlimburg.

Am Fuß des Schlossberges überholt sie einen Rettungswagen, der mit eingeschaltetem Blaulicht am Straßenrand steht.

„Hoffentlich ist da nichts passiert", denkt Evelyn noch, während sie zurück nach Dortmund fährt.

In den Regionalnachrichten erscheint am nächsten Morgen ein Bericht über einen Unfall mit Fahrerflucht in Hohenlimburg, bei dem ein Radfahrer schwer verletzt wurde. Doch den liest Evelyn Schreiber nicht.

3 Jahre später

Sandra Winter

Sandra Winter sitzt in einem Café in der Dortmunder Innenstadt und blättert durch die Scheidungspapiere, die ihr heute zugegangen sind. Nun ist es endgültig!

Verbittert denkt sie an den Tag vor mehr als einem Jahr, als sie von ihrem Mann Klaus völlig unerwartet einen Schlüssel überreicht bekam.

„Dies ist der Schlüssel zu deiner neuen Wohnung. Du ziehst heute aus, denn hier wohne ich jetzt mit meiner Freundin Silvia. Mit den Kindern habe ich bereits gesprochen, sie werden bei uns bleiben", stellte er sie vor vollendete Tatsachen.

Ihr Exmann hat ihr zwar eine Eigentumswohnung eingerichtet und füllt ihr Konto regelmäßig auf, doch der Schmerz über diese Demütigung wird dadurch nicht weniger.

Anscheinend haben alle von seiner Affäre gewusst, nur sie war völlig ahnungslos.

Am schlimmsten aber hat sie der Verrat ihrer Kinder getroffen. Sie sind lieber bei ihrem Vater in der Villa am Phönix-See geblieben. Nur ab und zu kommt Paulina noch bei ihr vorbei. Justus ruft nur an, wenn er Geld braucht und Leonard, ihr kleiner Liebling, erzählt jedes Mal begeistert von der Neuen ihres Ex, wenn sie sich sehen. Er scheint sie, Sandra, nicht einmal zu vermissen.

Sandra seufzt und beschließt, noch ein wenig shoppen zu gehen, um dadurch ihren angestauten Frust abzubauen.

Doch weit kommt sie nicht, denn vor einer Buchhandlung lächelt ihr eine Frau von einem riesigen Plakat entgegen, die ihr irgendwie bekannt vorkommt. Auf dem Schild wird für das Buch einer bisher unbekannten Autorin geworben.

„Gesa Bertiger – ein neuer Stern am Himmel der Krimi-Autoren" ist dort zu lesen.

Sandras Interesse ist geweckt. Sie betritt neugierig das Geschäft und kämpft sich zu dem umlagerten Bücherstapel durch.

>Die schwarze Hand< heißt das Buch, das so heiß begehrt ist. Sie nimmt ein Exemplar vom Stapel und liest sich den Klappentext durch.

Das kann doch nicht wahr sein!

Schnell bezahlt sie das Exemplar und eilt zurück in das Café, wo sie sich noch einen Cappuccino bestellt. Erneut nimmt sie das Buch zur Hand.

Der Krimi handelt von der schwarzen Hand, dem abstoßenden Relikt aus dem alten Schloss in Hohenlimburg. Einige der Charaktere des Buches sind ihr bekannt, denn sie wurden von ihr während eines Schreib-Workshops mitentwickelt, ist sie sich absolut sicher. Doch der Name der Autorin sagt ihr gar nichts! Noch einmal betrachtet sie das Foto der jungen Frau auf dem Cover. Jetzt endlich begreift sie, wer diese Frau ist.

Heidrun Bauer, die Frau, die bei dem Krimi-Workshop vor drei Jahren keinen anständigen Satz zu Papier gebracht hat! Auf dem Coverfoto ist sie wesentlich schlanker, besser gekleidet und zurecht gemacht, auch ihr Haarschnitt hat sich verändert, aber es ist eindeutig Heidrun Bauer!

Nun ist Sandra total verwirrt. Wie konnte diese völlig untalentierte Frau ein so begehrtes Buch schreiben?

Schnell begibt sie sich in ihre Wohnung, wo sie umgehend anfängt, den Krimi zu lesen. Aus ihrem anfänglichen Unglauben wird bald Verärgerung, die sich während der langen, schlaflosen Nacht in maßlose Wut steigert.

Als sie das Buch am Morgen aus der Hand legt, greift sie gleich zum Telefon, um Rüdiger Nolte vom Nolte-Verlag in Düsseldorf anzurufen.

Rüdiger Nolte

„Herr Nolte, Sie sollen sofort zur Chefin kommen", wird Rüdiger von seiner Kollegin Beate Dahlmann informiert.

Zähneknirschend macht er sich auf den Weg zur Geschäftsleitung.

Noch vor zwei Jahren war das hier sein Büro, doch die anhaltende Flaute im Buchhandel ließ ihm keine andere Wahl, als an den viel größeren Schönleitner-Verlag zu verkaufen, der ihm ein gutes Angebot gemacht hat. Jetzt ist er in seiner alten Firma als Angestellter für das Marketing zuständig.

„Da sind Sie ja, Herr Nolte. Ich habe gerade erfahren, dass unsere neue Bestsellerautorin Gesa Bertiger den diesjährigen Newcomer-Preis des Buchhandels erhält. Ihnen fällt nun die Aufgabe zu, für die Preisträgerin eine Leserreise durch ganz Deutschland zu organisieren. Doch vorher müssen Sie die Preisverleihung auf irgendeinem alten Schloss in Hohenlimburg vorbereiten. Sie findet bereits am übernächsten Wochenende statt", wird er von Frau Dr. Hasenpfad, die an seinem ehemaligen Schreibtisch sitzt, begrüßt.

„Warum soll so eine Preisverleihung denn auf dieser uralten Burg stattfinden?", fragt Rüdiger, der noch nie von einer solchen Veranstaltung an dem ungewöhnlichen Ort gehört hat.

„Das war der Wunsch unserer Preisträgerin, der die Ideen zu ihrem Buch angeblich genau dort gekommen sind. Haben Sie das Buch schon gelesen? Es ist im Moment auf dem ersten Platz der Bestseller-Listen", wird er von Frau Dr. Hasenpfad auf das aktuell bestverkaufte Buch des Verlages hingewiesen.

Wieder knirscht Rüdiger heimlich mit den Zähnen. So ein Bestseller hätte seinen Verlag damals vor dem Verkauf gerettet. Warum war ihm ein solcher Erfolg verwehrt geblieben?

„Gesa Bertiger hat übrigens ausdrücklich darauf bestanden, dass Sie ihre Lesereise planen. Können Sie sich das erklären?", will Frau Dr. Hasenpfad wissen. Neugierig mustert sie Rüdiger, der völlig überrumpelt ist.

„Nein, keine Ahnung. Ich kenne die Frau überhaupt nicht und das Buch habe ich auch noch nicht gelesen."

„Das sollten Sie aber unbedingt, denn der Krimi ist absolut fesselnd geschrieben. Es ist nicht umsonst auf Platz eins. Jetzt aber an die Arbeit, Sie müssen kurzfristig eine Preisverleihung organisieren", überreicht ihm die neue Geschäftsführerin ein Exemplar des besagten Buches und verabschiedet ihn damit.

Erst auf dem Flur wirft er einen Blick auf das Cover, auf dem eine vertrocknete schwarze Hand abgebildet ist. Der Buchtitel lautet ebenfalls >Die schwarze Hand<.

Als er den Klappentext liest, verschlägt es ihm den Atem. Er weiß genau, wovon der Krimi handelt, obwohl er ihn noch nicht gelesen hat. Wut steigt in ihm auf und er beschließt, umgehend etwas zu unternehmen.

„Eine Frau Sandra Winter bittet dringend um Ihren Rückruf", erfährt er, als er kurz darauf sein Büro betritt. „Hier ist die Nummer, die mir Frau Winter gegeben hat", schiebt ihm Beate Dahlmann einen Zettel zu.

Rüdiger hat keine Ahnung, wer diese Sandra Winter ist und steckt den Zettel achtlos in seine Hemdtasche.

„Dafür habe ich jetzt keine Zeit. Ich muss unbedingt noch einmal weg. Wenn ich zurück bin, wartet eine Menge Arbeit auf uns."

Rüdiger nimmt seine schwarze Lederjacke und die Autoschlüssel und verlässt das Büro.

Gesine Arnold

Kurz darauf klingelt er an der Haustür einer unpersönlichen Hochhausanlage.

„Wer ist da?", fragt eine Stimme durch die Sprechanlage.

„Ich bin es. Mach die Tür auf, ich muss mit dir reden", drängt Rüdiger und als ein Summen ertönt, drückt er die Tür zum Treppenhaus auf. Nachdem er die Treppen in die dritte Etage hinaufgestürmt ist, steht er einer jungen Frau gegenüber.

„Was willst du denn hier? Robin ist bei der Tagesmutter und ich muss auch gleich weg", wird er von Gesine Arnold empfangen, die demonstrativ in der Türöffnung stehen bleibt und ihm so den Zutritt zur Wohnung versperrt. „Mein Broterwerb in der Küche der Seniorenresidenz, falls du dich erinnerst", setzt sie sarkastisch hinzu.

Rüdiger reagiert gar nicht erst darauf, sondern schiebt sich an Gesine vorbei in die Wohnung.

„Ich will nicht zu dem Kleinen, sondern zu dir. Ich habe gerade etwas erfahren, dass ich dir unbedingt erzählen muss. Erinnerst du dich noch an den Krimi-Workshop auf dem Schloss in Hohenlimburg vor etwa drei Jahren?"

„Wie könnte ich den jemals vergessen. Damals sind meine schönsten Träume geplatzt. Seitdem ist alles anders und ich habe ein Kind zu versorgen."

„Ich zahle für das Kind, schon vergessen? Aber darum geht es jetzt gar nicht. Hier, lies den Klappentext", reicht Rüdiger das Buch >Die schwarze Hand< an Gesine weiter.

Gesine starrt verwirrt auf den Text, den Rüdiger ihr zeigt. Als sie ihm wieder ins Gesicht blickt, ist sie nicht viel klüger.

„Wer hat das geschrieben? Es ist doch genau die Geschichte, die wir bei diesem Workshop entwickelt haben. Anscheinend hat der Schönleitner-Verlag das Buch im letzten Jahr veröffentlicht", stellt sie fest, nachdem sie den Klappentext gelesen hat.

„Genau, und jetzt halte dich fest, denn genau dieses Buch ist derzeit auf dem ersten Platz der Verkaufsstatistiken. Diese Gesa Bertiger wird am übernächsten Wochenende dafür den Newcomer-Preis des deutschen Buchhandels erhalten.

Überreicht wird er auf dem alten Schloss in Hohenlimburg."

„Aber wer ist diese Gesa Dingens?" Gesine sieht ihn fragend an.

„Schau dir das Foto noch einmal an. An wen erinnert dich diese Frau?", deutet Rüdiger mit dem Finger auf das Foto.

„Aber das ist doch diese Heidrun. Sie sieht nicht mehr so schrecklich bieder aus, aber es ist eindeutig Heidrun Bauer. Die hat doch bei dem Kurs gar nichts zum Buch beigetragen", wundert sich Gesine, während ihre Stimme immer schriller wird.

„Genau, und jetzt ist es ein Bestseller und die Alte bekommt auch noch einen Preis dafür", schimpft Rüdiger mit vor Wut gerötetem Gesicht. „Aber das werde ich nicht zulassen. Zudem muss ausgerechnet ich diese Preisverleihung organisieren! Das gibt mir allerdings auch die Gelegenheit, sie mir vorzuknöpfen. Ich will unbedingt wissen, was sie sich dabei gedacht hat."

„Ich komme mit, da will ich auf jeden Fall dabei sein! Diese hinterhältige Kuh! Vielleicht sollten wir auch die anderen informieren. Damals war doch auch diese Sandra Winter dabei; und Berthold, der dich seitdem regelmäßig anpumpt. Dem würde so ein warmer Geldregen sicher auch willkommen sein", erinnert ihn Gesine an die anderen Kursteilnehmer.

„Genau, Sandra Winter war damals auch dabei. Jetzt erinnere ich mich wieder an den Namen. Sie hat mich heute Morgen schon im Büro zu erreichen versucht, aber ich war unterwegs. Hier ist ihre Telefonnummer. Ruf du sie an und erzähl ihr alles. Ich muss zurück ins Büro. Ich melde mich heute Abend noch mal", verabschiedet sich Rüdiger und hat die kleine Wohnung schon wieder verlassen.

„Robin würde sich auch freuen, wenn sein Papa mal wieder Zeit für ihn hätte", kann sich Gesine nicht verkneifen, doch Rüdiger ist schon die Treppe hinunter gelaufen.

„Typisch, dafür hat der große Verleger natürlich keine Zeit", ruft ihm Gesine verächtlich hinterher.

Während sie die Wohnungstür schließt, denkt sie an die vergangen drei Jahre.

Zuerst hatte sich Rüdiger über das Baby gefreut und sie waren eine glückliche kleine Familie, die in Rüdigers großzügiger

Penthaus-Wohnung lebte. Doch als der Verlag dann in wirtschaftliche Schwierigkeiten geriet und Rüdiger sein Unternehmen verkaufen musste, endete auch ihre Beziehung. Gesine zog mit dem Baby in eine billige, kleine Wohnung. Ihren Model-Job hatte sie bereits während ihrer Schwangerschaft verloren und für einen Neustart nach der Geburt fehlten die Angebote. Zum Glück hatte sie damals schnell eine liebevolle Tagesmutter für ihren Sohn gefunden und so konnte sie in der Küche eines Altenheims in der Nähe eine Arbeit annehmen.

Auch Rüdiger musste seine schicke Penthaus-Wohnung und den Porsche verkaufen. Jetzt wohnt er in einer kleinen Mietwohnung und fährt einen Firmenwagen.

Gesine schaut auf den Zettel in ihrer Hand und beschließt, noch vor Arbeitsbeginn bei Sandra Winter anzurufen.

Berthold Köhler

Nachdem Gesine am Samstagmorgen ihren Sohn Robin bei seiner Tagesmutter abgegeben hat, macht sie sich auf den Weg. Pünktlich um zehn fährt sie mit ihrem kleinen Fiat an der Domplatte in Köln vor und lässt Berthold Köhler einsteigen. Mühsam quält er sich ins Auto, ächzt und stöhnt, bis er endlich sitzt und seine Gehhilfen auf den Rücksitz wirft. Gesine registriert erfreut seine saubere Kleidung und zu ihrer Überraschung ist er offenbar auch noch nüchtern.

„Diese Schmerzen sind einfach unerträglich. Du kannst dir nicht vorstellen, wie schlecht es mir geht", lautet seine Begrüßung.

„Ich weiß, der Unfall damals war schrecklich. Warst du nicht erst letztes Jahr zur Reha?", fragt sie ihn, obwohl es sie nicht wirklich interessiert. Sie fädelt sich in den fließenden Verkehr ein und fährt kurz darauf auf die Autobahn.

„Die konnten mir doch auch nicht helfen. Mein Knie ist hin, da hilft nichts. Die Ärzte müssten mir noch mehr Schmerzmittel verschreiben, aber das tun sie nicht", schimpft Berthold und klagt weiter über seine Schmerzen.

„Wie ist es in deiner neuen Wohnung? Ist sie behindertengerecht?", fragt Gesine später, um sich nicht weiterhin Bertholds Krankengeschichten anhören zu müssen.

Doch Berthold jammert unablässig weiter. Gesine blendet ihn einfach aus und konzentriert sich auf die Straße.

„Da vorne ist eine Raststätte. Fahr da mal raus, ich muss mal", wird sie von Berthold aus ihren Gedanken gerissen.

Seufzend fährt sie auf den Parkplatz und sieht ungerührt zu, wie sich Berthold aus dem kleinen Auto quält.

„Kannst du mir kurz 5 Euro leihen, gebe ich dir gleich zurück", beugt er sich noch einmal zu ihr ins Auto. Erneut aufseufzend greift sie in ihre Tasche und reicht ihm einen 10 Euro-Schein. Er schnappt sich den Schein und nickt ihr kurz zu, dann hinkt er in die Raststätte.

Als er wenig später zurückkehrt, umweht ihn eine durchdringende Alkoholfahne. Gesine ist nicht überrascht, sie hat es kommen sehen. Immerhin bleibt Berthold nun für den Rest der Fahrt ruhig.

Wenig später treffen sie vor dem Schloss in Hohenlimburg ein.

Die Preisverleihung

Der Parkplatz vor dem Schloss ist bereits vollgeparkt und so lässt Gesine ihren Fahrgast am Tor aussteigen, um dann ihr Auto auf dem oberen Parkplatz abzustellen.

Als sie wenig später vor dem Schlosstor ankommt, ist Berthold nicht mehr zu sehen. Dafür sieht sie sich plötzlich Sandra Winter gegenüber.

„Hallo, Sandra", begrüßt Gesine sie und streckt ihr die Hand entgegen.

„Ach, du bist das, Gesine. Ich hätte dich fast nicht wiedererkannt", ergreift Sandra die Hand und mustert Gesine von oben bis unten.

„Ja, dieser Kurzhaarschnitt ist einfach praktischer", antwortet Gesine, obwohl sie genau weiß, dass Sandra nicht ihre Frisur meint. Sie ist noch immer schlank, doch die Schwangerschaft hat ihre Figur runder und weiblicher gemacht. Von ihrer Modelfigur ist nicht mehr viel übrig.

„Ich war ganz erstaunt, als du mich angerufen und von dieser Preisverleihung erzählt hast. Ich wusste ja nicht, dass du noch Kontakt zu Rüdiger hast. Ist er schon da?"

Als Sandra den Schatten auf Gesines Gesicht bemerkt, lenkt sie schnell ein: „Hast du Berthold nicht mitgebracht? Du hattest am Telefon gesagt, dass du ihn abholen würdest."

„Rüdiger musste bereits heute Morgen vor Ort sein. Er ist für den reibungslosen Ablauf der Veranstaltung verantwortlich. Berthold finden wir sicher an der Bar", antwortet Gesine, während sie gespannt Sandras Reaktion erwartet.

„Berthold, an der Bar?", fragt diese auch sofort erstaunt und versucht die Augenbrauen hochzuziehen, doch das Botox-Gesicht reagiert nicht.

„Du wirst es gleich sehen. Rüdiger hat übrigens Plätze für uns reserviert."

Gemeinsam suchen sie sich einen Weg durch die festlich gekleideten Besucher und die unzähligen Reporter, die leicht an ihren angesteckten Presseausweisen zu erkennen sind.

Tatsächlich treffen sie Berthold an einer geöffneten Bar im Innenhof, wo er gerade einen Drink nimmt.

„Hallo Sandra, du hast dich wirklich gar nicht verändert. Im Gegensatz zu mir, wie du siehst", begrüßt sie der angetrunkene Berthold.

„Was ist denn mit dir passiert?", fragt Sandra sichtlich schockiert.

„Nach unserem Workshop hat mich jemand unterhalb des Schlossberges vom Fahrrad geholt und ist einfach abgehauen. Mein rechtes Bein war mehrfach gebrochen und das Kniegelenk ist total zertrümmert. Ich bin jetzt ein Krüppel", erklärt Berthold mit weinerlicher Stimme und bestellt noch einen Drink.

Kurz überlegt Sandra, ob der Wildunfall damals vielleicht…. Nein, das hätte sie doch gemerkt. Sie erinnert sich noch genau, dass sie während der Fahrt in ihrem Koffer nach dem klingelnden Smartphone suchte, als irgendetwas den Wagen streifte. Es war sicher ein Reh. Wenn sie einen Menschen angefahren hätte, hätte sie es sicher gemerkt.

Gleichzeitig fällt ihr wieder ein, wie wütend ihr Exmann Klaus damals wurde, weil sie keine Polizei eingeschaltet hatte. Die Versicherung hatte sich später geweigert, den nicht unerheblichen Schaden am BMW zu erstatten.

Jetzt tritt Rüdiger zu ihnen und informiert die Gruppe: „Heidrun wird nach der Preisverleihung mit uns sprechen. Sie will uns im kleinen Türmchen auf dem Wehrgang treffen. Vorher hat sie keine Zeit, Pressetermine und so weiter."

„Ich kann es kaum erwarten, ihre Ausreden zu hören", zischt Sandra wütend und wirft einen prüfenden Blick auf ihr Smartphone.

„Ihr solltet eure Plätze aufsuchen. Wir treffen uns nachher im Türmchen", verabschiedet sich Rüdiger, auf den noch weitere Aufgaben warten. Eilig macht er sich auf den Weg zum Podium.

Sandra, Berthold und Gesine reihen sich in die Zuschauermenge ein, die jetzt auf die Stuhlreihen im Fürstensaal zustrebt. Leise Musik empfängt sie. Ein junger Mann spielt auf einer elektronischen Orgel, die an einem der Fenster des Saales aufgebaut wurde.

Gesine blickt mit einem leichten Schaudern auf die dunklen Bilder der fürstlichen Ahnengalerie. Der Fürstensaal mit seinen fliesenbedeckten Wänden, die das einfallende Licht widerspiegeln, wirkt durch diese Bilder auf die Besucher unheimlich und düster.

Als endlich alle Platz genommen haben, schließen sich die hohen Türen und der Moderator der Preisverleihung tritt ans Mikrophon. Es handelt sich um einen aus dem Fernsehen bekannten, älteren Schauspieler mit ergrauten Haaren. Langsam wird es ruhig im Saal.

„Herzlich Willkommen, liebe Gäste, auf Schloss Hohenlimburg. Wir haben uns heute hier aus einem besonders erfreulichen Anlass getroffen. Trotz der harten Konkurrenz von Fernsehen und Internet hat es eine junge Frau geschafft, mit einem Buch ein Millionenpublikum zu begeistern. Sie alle werden es gelesen und mitgezittert haben. >Die schwarze Hand< hat uns alle in ihren Bann gezogen. Gesa Bertiger hat ein außergewöhnliches Werk geschaffen, das verdientermaßen heute einen besonderen Preis erhalten wird. Lassen Sie uns jetzt die diesjährige Preisträgerin des Newcomer-Preises des deutschen Buchhandels begrüßen. Einen herzlichen Applaus für Gesa Bertiger!", fordert er die Besucher zum Applaus auf.

Der Mann an der Orgel spielt einen Tusch, die Zuschauer klatschen und dann erscheint Heidrun Bauer. Sie trägt ein silbrig-glänzendes langes Kleid, das ihre schlanke Figur betont. Ihre Haare sind aufwändig hochgesteckt und wurden mit glitzernden Klammern festgesteckt. Sie wirkt sehr viel eleganter als vor drei Jahren. Selbstbewusst betritt sie das Podium und bedankt sich artig für den freundlichen Empfang.

Nun tritt der Verleger Rudolf Schönleitner ans Mikrofon und erklärt: „Dieses Buch war ein absoluter Glücksfall, wie er einem Verleger nur selten zugeschickt wird. Dass das Manuskript der >Schwarzen Hand< ausgerechnet bei meinem Verlag eingereicht wurde, war bereits der erste Glücksfall. Ein weiterer Glücksfall war, dass ein besonders aufmerksamer Lektor,

Werner Velden, mich damals auf das ungewöhnliche Buch aufmerksam machte. Gemeinsam mit dem Lektor Werner Velden, unserer unglaublichen Autorin Gesa Bertiger und meiner jahrelanger Erfahrung konnten wir dann in unermüdlicher Arbeit einen echter Bestseller daraus machen. Doch mein Dank gilt heute natürlich der Autorin Gesa Bertiger, ohne die dieser Glücksfall unmöglich gewesen wäre", beendet er seine Rede.

Wieder brandet Applaus auf und Heidrun bedankt sich bei ihrem Verleger.

Es folgen Reden der Jury, des Bürgermeisters und sogar der Schlossherr richtet einige lobende Worte an die Preisträgerin.

Schließlich betritt Heidrun noch einmal das Podium, um sich mit einer kleinen Rede für den Preis zu bedanken: „Es ist mir eine besondere Ehre, diesen Preis heute entgegennehmen zu dürfen. Ich bin total gerührt von Ihrem Applaus und den vielen Menschen, die mir zu diesem Buch gratuliert haben; meinen Lesern, die >Die schwarze Hand< erst zu einem solchen Erfolg gemacht haben. Ihnen allen möchte ich heute danken. Mein Dank geht auch an Herrn Schönleitner, der sich so für mein Buch eingesetzt hat; der Jury, die mir diese völlig unerwartete Auszeichnung zuerkannt hat und Ihnen, die Sie heute hierhergekommen sind, um mit mir zu feiern. Vielen, vielen Dank."

Gesine und Sandra schauen sich erstaunt an. Sie sind überrascht, wie frei und flüssig das einstige Mauerblümchen plötzlich sprechen kann. Nichts erinnert mehr an das verschüchterte Mädchen, das damals an dem Krimi-Workshop teilgenommen hat.

Nachdem alle Reden beendet sind, brandet noch einmal frenetischer Jubel auf. Dann tritt Rüdiger auf die Bühne und bittet die geladenen Gäste an das Büffet, das im Schlosshof aufgebaut wurde.

Die Besucher erwartet ein opulentes Mahl, dem die Gäste reichlich zusprechen, doch Berthold, Gesine, Sandra und Rüdiger haben kein Auge für die Köstlichkeiten.

Sie können es kaum erwarten, Heidrun im Türmchen über dem Schlosshof zu treffen. Das Türmchen, das an einer Ecke der Schlossmauer errichtet wurde, ist über einen Treppenaufgang neben dem

Museumsgebäude und einem langen Holzsteg, der in etwa fünf Metern Höhe an der Mauer entlang führt, zu erreichen. Gemeinsam machen sich die vier auf den Weg und warten dort gespannt auf Heidrun, die noch von Reportern im Schlosshof aufgehalten wird.

„Ist das hoch hier. Seht nur, wie tief es auf der anderen Seite hinunter geht, der Schlosshof liegt viel höher", macht Gesine die anderen auf die Tiefe jenseits der Mauer aufmerksam. Mit einem Schaudern schaut auch Sandra in die Tiefe.

Angespannt sehen sie Heidrun entgegen, als die kurz darauf den kleinen Raum betritt.

„Ich freue mich so, dass ihr alle kommen konntet. Ihr seid schließlich so etwas wie meine Co-Autoren", begrüßt sie die Gruppe freudestrahlend.

„Wie bist du nur darauf gekommen, den Krimi von damals unter dem Namen Gesa Bertiger zu veröffentlichen?", ist die erste Frage, die ihr von Gesine gestellt wird.

„Es war meine eigene Idee, ein Pseudonym aus euren Namen zu bilden. Gesa steht für Gesine und Sandra, und

Bertiger deutet auf Berthold und Rüdiger hin. Ihr seid schließlich die Urheber der Geschichte. Ich habe sogar noch einige Figuren hineingeschrieben, bei denen ich mich von euch inspirieren ließ. Hat es euch gefallen? Habt ihr euch erkannt?"

Von dem Augenblick an entwickelt sich das Treffen ganz anders, als von Heidrun erwartet. Die folgenden Ereignisse treffen sie völlig unvorbereitet.

Als die ersten Besucher der Preisverleihung aufbrechen, wollen sich auch Sandra, Gesine, Berthold und Rüdiger auf den Heimweg machen. Doch an der Schlosspforte stehen mehrere Polizeibeamte, die die Besucher am Verlassen des Geländes hindern.

„Wir müssen Sie bitten, noch zu bleiben, bis die Untersuchungen abgeschlossen sind", werden die Gäste von einem Beamten informiert.

„Welche Untersuchungen? Was ist denn passiert?", wird der Polizeibeamte mit Fragen bombardiert.

„Das werden Sie noch erfahren. Bitte begeben Sie sich zurück in den Schlosshof", antwortet der reserviert und ist nicht bereit, weitere Informationen zu geben.

„Es hat ein Todesopfer gegeben", werden die Besucher später informiert. „Bitte helfen Sie bei den polizeilichen Ermittlungen mit und beantworten Sie die Fragen der Polizeibeamten", werden sie aufgefordert. Erschüttert sichern die Gäste ihre unein-geschränkte Mitarbeit zu. Akribisch werden alle Anwesenden überprüft. Erst nachdem die Polizeibeamten die Personalien aller Gäste aufgenommen haben, können die Besucher der Preisverleihung endlich das Schloss-gelände verlassen.

Spät am Abend können die erschütterten Gäste nach Hause fahren.

Die polizeilichen Ermittlungen

„Was ist hier passiert?", will Oberkommissar Andreas Sternberg wissen, als er vor den Mauern des Schlosses eintrifft.

„Eine Leiche, weiblich, achtundzwanzig Jahre alt. Offenbar von der Schlossmauer gefallen, doch der Notarzt hat

Verletzungen gefunden, die nicht von einem Sturz stammen können und deshalb die Mordkommission eingeschaltet", wird er von einem jungen Polizeibeamten aufgeklärt.

„Wissen wir, wer die Frau ist?"

„Ihr Name ist Gesa Bertiger. Sie war der Ehrengast der heutigen Veranstaltung hier im Schloss. Sie hat ein Buch geschrieben, das gerade ausgezeichnet wurde", erklärt der Beamte.

„Hinweise auf Drogen oder Alkohol bei dem Opfer?"

„Nein, keine. Aber die Frau wurde ziemlich übel zugerichtet. Wir haben alles abgesperrt und alle Festbesucher befinden sich noch auf dem Gelände", antwortet der Polizeibeamte.

Oberkommissar Sternberg nickt ihm zufrieden zu.

„Hat irgendjemand etwas gesehen?", wendet sich Oberkommissar Sternberg an seine junge Assistentin Britta Landshut, die sich bereits Notizen macht.

„Nein, es gibt gar keine Zeugen und bisher wohl auch kein Motiv, jedenfalls ist noch keines bekannt. Vielleicht ein Neider?

Immerhin hat Gesa Bertiger heute einen Preis erhalten", antwortet Britta Landshut sofort.

„Wer hat die Leiche überhaupt gefunden? Es wird bereits dunkel und sie liegt doch nicht im belebten Schlosshof", will Sternberg wissen.

„Zwei junge Leute, die sich im Schlossgarten außerhalb des Schlossgeländes getroffen haben. Dabei sind sie sozusagen über die Leiche gestolpert."

„Die jungen Leute waren also nicht bei der Preisverleihung?"

„Nein, sie wohnen irgendwo in der Nähe. Sie haben aber sofort die Polizei gerufen. Das Opfer kann noch nicht lange hier gelegen haben."

„Haben die jungen Leute nichts gehört oder gesehen?"

„Sie sind sich nicht sicher. Das Mädchen meint, jemanden sprechen gehört zu haben. Sie glaubt, eine Frauenstimme erkannt zu haben."

„Ich will mit ihnen reden. Kannst du noch weitere Informationen über das Opfer beschaffen? Gibt es Familienangehörige,

Freunde und so weiter. Wir müssen einfach mehr über das Opfer wissen", gibt der Kommissar klare Anweisungen.

Britta Landshut nickt und macht sich weitere Notizen.

„Was ist nur mit diesem alten Gemäuer? Erst letzten Monat gab es doch hier diesen mysteriösen Todesfall, weißt du noch?", erinnert sich Sternberg mit einem fragenden Blick zu Britta Landshut. „Damals wurden wir in der Nacht hierher gerufen, weil ein junger Mann tot im Schlosshof lag."

Andreas Sternberg, ein großer Mann mit beginnender Glatze, ist ein erfahrener Kriminalbeamter, der in seinen fast dreißig Jahren Berufserfahrung nie zuvor mit einem so bizarren Fall zu tun hatte.

„Du meinst Lucas Ehrlich, den achtzehnjährigen Schüler des Gymnasiums", erinnert sich auch Britta Landshut sofort.

Sie zieht die Stirn kraus und schüttelt ihren Kopf, dass der strohblonde Pferdeschwanz nur so fliegt. Sie denkt nur ungern an diesen Fall und daran, wie erschüttert und verstört die Schüler damals waren, die hier fröhlich das Ende ihrer Prüfungen feiern wollten. Doch der Abend endete mit dem Tod eines Mitschülers.

Rückblende

Die Abiturienten hatten die Party selbst organisiert, darum waren damals weder Lehrer noch Eltern anwesend.

Schon bevor der junge Mann vom Wehrgang stürzte und sich dabei tödlich verletzte, hatten einige besorgte Mitschüler den Notruf gewählt. Als die ersten Polizeibeamten eintrafen, war es zu spät und ihnen blieb nur, die Kriminalpolizei hinzuzurufen.

„Hat irgendjemand gesehen, was hier passiert ist?", war Oberkommissar Sternbergs erste Frage, nachdem das Team eingetroffen war.

„Ja, fast alle Anwesenden waren Zeuge des Mordes. Sie erzählen übereinstimmend, dass ihr Mitschüler von einer unbekannten weißen Frau über die Brüstung des Wehrganges gestoßen wurde", informierte Britta Landshut ihrem Chef.

„Ich will von allen einen Drogenschnelltest", ordnete dieser daraufhin routiniert an. Die anwesenden Sanitäter und der Notarzt hatten alle Hände voll zu tun, die verstörten Jugendlichen mit Beruhigungsmitteln, warmen Decken und Getränken zu versorgen.

„Es gibt sogar einige Handyvideos von dem Verbrechen. Schlecht beleuchtet und verschwommen, aber eine helle Gestalt ist auf allen zu erkennen", ergänzte Britta Landshut ihren Bericht.

„Das ist doch gut! Und wo ist diese Frau jetzt?"

„Das ist das Rätselhafte. Sie scheint spurlos verschwunden zu sein. Nachdem der Junge von dort oben hinunter gestürzt ist, fiel plötzlich die Beleuchtung im gesamten Innenhof aus und die mysteriöse Frau verschwand. Einige Schüler sind überzeugt, dass es sich um einen Geist des Schlosses handelt. Eine weiße Frau, die angeblich seit Jahrhunderten durch das Schloss geistert und nach ihrem verstorbenen Kind sucht."

Sternberg schüttelte den Kopf und blickte zum Wehrgang, etwa fünf Meter über dem Schlosshof, hinauf. „Gibt es dort oben irgendwelche Spuren?"

„Bisher konnte die KTU noch nicht hinaufgelangen. Der Wehrgang ist verschlossen. An den beiden Zugängen befinden sich elektronische Schlösser, die bisher nicht geöffnet werden konnten."

„So ein Quatsch! Es gibt doch sicher einen Schlossverwalter. Der muss den Code kennen", lautete Sternbergs verärgerte Antwort.

„Nein, er behauptet, dass diese elektronischen Schlösser gestern noch nicht da waren. Bisher wurden die Zugänge immer nur durch einfache Vorhängeschlösser gesichert. Er hat angeblich keine Ahnung, wer diese neuen Schlösser heimlich einbauen konnte und wann das gemacht wurde."

„Irgendwer wird doch wohl so ein Schloss knacken können. Wo sind die Leute der KTU?", schaute sich Sternberg suchend um.

„Keine Chance. Kramer von der KTU hat Anzeichen für Sprengfallen gefunden. Wir

warten jetzt auf die Sprengstoffexperten",
erklärte Britta ihrem verärgerten Chef.

„Sprengfallen, meint er? Warum ist der
Hof noch nicht geräumt?", polterte
Sternberg.

Zudem tauchten die ersten Eltern auf,
was ihn zu der Frage veranlasste: „Woher
wissen die Eltern denn schon von der
Sache?"

„Die jungen Leute haben doch
heutzutage alle Smartphones. Das geht
jetzt immer alles rasend schnell", klärte
Britta ihn auf.

„Wer kannte den Jungen denn gut? Wer
war mit ihm befreundet?", war seine
nächste Frage an die anwesenden Schüler,
die in kleinen Grüppchen auf dem
Schlosshof standen und miteinander
tuschelten.

„Der hatte keine Freunde, war halt ein
Loser. Es war eigentlich klar, dass es
ausgerechnet ihn treffen musste",
antwortete ein junger Mann namens Philip
Meister, der Schulsprecher des
Gymnasiums.

„Warum war er ein Loser? Hatte er
schlechte Noten, oder was?", wandte sich

der Oberkommissar sichtlich genervt an den Jungen.

„Nein, er war gut, aber er hat sich nur für seine Computer interessiert. Er gehörte einfach nicht dazu", antwortete ihm ein junges Mädchen.

Als Sternberg sie fragend ansah, setzte sie hinzu: „Ich bin Pia Meierhoff. Ich verstehe überhaupt nicht, wo diese unheimliche weiße Frau geblieben ist. Wohin ist sie so schnell verschwunden? Wir haben sie alle gesehen und dann war sie plötzlich weg. Sie müssen sie suchen, denn sie hat Lucas umgebracht und wir alle sind Zeugen dabei gewesen."

„Wir sind dabei, doch zuerst müssen wir die weiteren Umstände dieses Mordes klären. Was können Sie uns noch über Lucas Ehrlich sagen?"

„Er war gut in der Schule, aber sonst eher uncool. Hat sich nur mit seinen Computern beschäftigt", antwortete sie sofort.

„Herr Oberkommissar, können Sie mal kommen? Wir haben da etwas gefunden", kam Ralf Kramer, Leiter der kriminaltechnischen Untersuchung, kurz KTU, auf Sternberg zu.

„Eine Spur von der unbekannten Frau, Kramer?", wollte Sternberg hoffnungsvoll wissen.

„Nein, aber sehen Sie selbst." Der Mann führte den Oberkommissar in einen kleinen Raum unter dem Dach des Schlossgebäudes, der mit elektronischen Geräten vollgestopft war.

„Keine Sprengfalle?", wollte Sternberg wissen, denn auch der Raum war mit einem elektronischen Schloss gesichert.

„Nein, und der Code besteht nur aus vier Zahlen: 1-2-3-4. Jemand wollte, dass wir diesen Raum finden. Die Computer sind alle unverschlüsselt. Jemand hat im Schlosshof Kameras installiert und den ganzen Abend aufgezeichnet. Auf den Monitoren hier können Sie sehen, was sich heute dort unten abgespielt hat. Dieser kleine Kasten wurde programmiert, eine ausgeklügelte Lasershow zu erzeugen und abzuspielen", erklärte KTU-Leiter Ralf Kramer, während er auf die entsprechenden Geräte zeigte.

„Also wollte jemand, dass wir erfahren, was hier geschehen ist", stellte Sternberg fest.

„Genau, und es ist sehr interessant, was dort gespeichert wurde."

Die Computer wurden eingepackt und abtransportiert, denn nachdem sich die Sprengsätze als Attrappen herausgestellt hatten, blieb noch der Mord an dem jungen Mann zu klären.

Bei einer späteren Befragung des Schulsprechers im Kommissariat saßen sich Philip Meister und Andreas Sternberg gegenüber.

„Wir haben einige interessante Aufnahmen gefunden. Ihr Mitschüler Lucas Ehrlich hat den Schlosshof mit Kameras bestückt und den ganzen Abend aufgezeichnet. Wir haben diese Aufzeichnungen bereits gesichtet und sind dabei auf ein interessantes Video gestoßen. Können Sie sich denken, was darauf zu sehen ist?", fragte Sternberg den Schulsprecher, der ihn mit vor der Brust verschränkten Armen selbstsicher ansah.

„Keine Ahnung."

„Es handelt sich um ein Video, dass offensichtlich in der Schule gemacht wurde und Lucas Ehrlich zeigt. Klingelt es jetzt?", knurrte der Kommissar.

„Damit habe ich nichts zu tun. Das Video wurde von den anderen gemacht und dann ins Netz gestellt", beeilte sich Philip Meister zu sagen.

„Aber Sie kennen den Inhalt des Films?"

Auf ein Zeichen des Oberkommissars war auf einem an der Wand befestigten Monitor ein verstörendes Video zu sehen: Ein junger Mann schlägt in sinnloser Zerstörungswut mit einem Stuhl auf Schultische und einen Schrank ein. Dann wirft er mit einem lauten Schrei den Stuhl durch ein geschlossenes Fenster, das daraufhin in tausend Scherben zerbricht. Am Ende des Films stürmt der junge Mann auf die Kamera zu und der Film endet abrupt.

Irgendjemand hatte das Video mit klassischer Musik unterlegt, was die Aufzeichnung noch unheimlicher machte.

„Ja, ich kenne den Film, aber es war alles ganz harmlos. Lucas sollte nur beweisen, dass er dazu gehört. Er musste doch nur ein paar Kekse essen", nuschelte der junge Mann, nicht mehr ganz so selbstsicher.

„Was waren das für Kekse? Wer hat sie besorgt?"

„Keine Ahnung. Es war doch nur Spaß. Wir hatten einige Haschkekse, die er essen sollte, um etwas lockerer zu werden. Dass der dann so austickt, konnte doch keiner ahnen. Irgendwer hat alles gefilmt und den Film später ins Netz gestellt, sodass alle ihn sehen konnten. Das ist einfach so passiert."

„Ich will wissen, wer dieses Video gemacht und wer die Kekse mitgebracht hat!", wollte der Oberkommissar erbost wissen, doch Philip Meister schwieg.

Nach einer weiteren Stunde intensiver Befragung brach er endlich sein verstocktes Schweigen.

„Ich habe die Kekse besorgt, aber den Film haben andere gemacht. Damit habe ich nichts zu tun."

„Ja", nickte der Oberkommissar. „Das kennen wir, Schuld sind immer die anderen."

Als Britta Landshut nach Abschluss der Befragung von Sternberg wissen wollte, wer denn nun den Jungen vom Wehrgang gestoßen hatte, antwortete der zu ihrer Überraschung: „Keiner! Lucas Ehrlich hatte eine Lasershow programmiert, in der eine virtuelle Figur eingebaut war, die ihn anscheinend über die Brüstung stürzte. Tatsächlich ist er aber selbst gesprungen. Das andauernde Mobbing und der kompromittierende Film im Internet haben ihn verzweifeln lassen. Selbstmord schien ihm die einzige Lösung zu sein. Doch er wollte offensichtlich, dass die Schuldigen nicht ungestraft davonkommen und das ist ihm mit diesen Aufzeichnungen eindeutig gelungen."

Alle Beteiligten waren damals mit Bewährungsstrafen davon gekommen.

Britta Landshut

Britta Landshut ist die Jüngste im Team von Oberkommissar Andreas Sternberg. Seit sie vor vier Jahren aus ihrer Heimatstadt Emden ins Kriminalkommissariat in Hagen gewechselt ist, hat sie viel gelernt und ist stolz, Teil eines so engagierten Teams zu sein. Sternberg ist ein guter, freundlicher Vorgesetzter mit viel Erfahrung, die er an sein Team weitergibt.

Nur manchmal fühlt sich Britta ein bisschen einsam, denn außer ihren Arbeitskollegen hat sie kaum Freunde und Bekannte gefunden. So meldet sie sich oft für Sonderschichten und übernimmt die Wochenenddienste für ihre Kollegen.

Sie weiß genau, dass es nicht einfach ist, den Polizeidienst und eine Familie unter einen Hut zu bringen, aber Oberkommissar Sternberg hat es geschafft. Ab und zu erzählt er von seinen drei Enkeln, die ihre Großeltern regelmäßig besuchen und mit denen er seine knapp bemessene Freizeit gern auf seinem Segelboot am Harkortsee verbringt.

Brittas bisherige Bekanntschaften hingegen scheiterten immer an ihren unregelmäßigen Arbeitszeiten.

Vielleicht sollte sie doch einmal eine Einladung ihres Kollegen Stefan Haberland annehmen, ein immer gutgelaunter, gutaussehender Mann, der ebenfalls Single ist. Schon öfter hat er sie zum Essen eingeladen, doch bisher hat sie immer abgelehnt, getreu ihrer eisernen Regel: „Niemals etwas mit einem Kollegen anfangen".

Auch jetzt schaut Stefan Haberland wieder in ihr Büro: „Kann ich dir noch helfen? Ich bin mit dem Backgroundcheck des Opfers fertig."

„Danke, ich bin auch fertig. Wir müssen sowieso gleich zur Teambesprechung, aber vorher brauche ich dringend einen Kaffee. Ich werde noch ein paar Brötchen besorgen, die anderen werden sicher auch Hunger haben", macht sich Britta auf in die nahegelegene Bäckerei.

Tag 2 der Ermittlungen

Nach einer arbeitsreichen Nacht, in der alle nur wenig Schlaf bekommen haben, trifft sich das erschöpfte Team um Oberkommissar Andreas Sternberg im Besprechungszimmer des Kommissariats. Britta hat eine große Warmhaltekannen mit Kaffee und die belegten Brötchen aus der Bäckerei auf den Tisch gestellt. Alle greifen hungrig zu und das Gemurmel im Raum verstummt.

„Was haben wir bisher?", beginnt Sternberg die Besprechung.

„Die gerichtsmedizinische Untersuchung hat ergeben, dass das Opfer vor dem Sturz von der Mauer heftig misshandelt wurde. Der Gerichts-mediziner hat vor allem Schädelverletzungen festgestellt. Jemand hat ihr mit einem stumpfen Gegenstand, einem Rohr oder ähnlichem, mehrmals auf den Kopf geschlagen. Das Opfer war mit Sicherheit bewusstlos, als es von der Mauer fiel. Dass die Frau selbst gesprungen ist, hält der Gerichtsmediziner für unmöglich. Wir müssen also von einem vorsätzlichen Mord ausgehen", erklärt Britta Landshut nach einen Blick auf ihre Aufzeichnungen, doch eigentlich hat sie alle relevanten Daten im Kopf.

„Was habt ihr über die Frau herausgefunden?", fragt Sternberg weiter.

„Die Tote ist Heidrun Bauer, die unter dem Pseudonym Gesa Bertiger ein Buch geschrieben hat, das gestern den Newcomer-Preis des deutschen Buchhandels erhalten hat. Sie arbeitet als Rechtsanwaltsgehilfin in einer Kanzlei in Dortmund. Ihre Eltern sind beide tot und bisher hat sie bei einer Tante in Hohenlimburg gelebt. Bis gestern war sie völlig unbekannt, keine Vorstrafen, nichts", liest Kommissar Stefan Haberland seine Ermittlungsergebnisse vor.

„Ich habe mich mit der Geschäftsführerin des Verlages, Frau Dr. Hasenpfad, unterhalten. Sie hat mir erzählt, dass gleich das erste Buch von Frau Bauer ein Riesenerfolg ist. Ein zweites Buch ist bereits in Planung. Man will an den bisherigen Erfolg anknüpfen. Die Auszeichnung hat auch den Verlag überrascht, sodass man im Vorfeld der Preisverleihung eine aufwändige Style-Beratung für Heidrun Bauer organisiert hat. Ihre bisherige Erscheinung war wohl eher durchschnittlich. Erst der Bucherfolg hat aus der grauen Maus eine moderne Frau gemacht. Über private Dinge konnte mir Frau Dr. Hasenpfad allerdings nichts sagen. Der Verlag hat bereits eine Lesereise mit der Preisträgerin geplant, um das bisher schon gut verkaufte Buch noch erfolgreicher zu machen. Diese Lesereise sollte nächsten Monat starten, es war schon alles dafür vorbereitet", ergänzt Britta Landshut.

„Sonst haben wir nichts?", will Sternberg wissen.

„Nein, die Tante hat das Opfer zwar noch gestern identifiziert, hat aber keine Ahnung, wer ihrer Nichte so etwas angetan haben könnte", erwidert Stefan Haberland, der sich noch gestern Nacht ausführlich mit der sehr aufgewühlten, alten Dame unterhalten hat.

„Das Opfer hat bisher ein so langweiliges Leben geführt, dass sich niemand ein Motiv für einen derart brutalen Mord vorstellen kann. Ihre ganzen Sozialkontakte beschränkten sich auf ihre Tante und die Arbeitskollegen, und selbst mit denen ist sie nie ausgegangen", ergänzt Stefan Haberland.

Britta muss insgeheim schlucken, dann viel mehr soziale Kontakte hat auch sie bisher nicht.

„Leute, irgendwas muss es doch geben. Befragt noch einmal alle Gäste dieser Preisverleihung. Niemand wird einfach so erschlagen und dann von einer Mauer geworfen", frustriert beendet Sternberg die Besprechung.

Müde erheben sich seine Mitarbeiter und machen sich wieder an ihre Arbeit.

Heidemarie Nowak

Stefan Haberland beschließt, noch einmal Heidrun Bauers Tante, Heidemarie Nowak, aufzusuchen.

Kurze Zeit später steht er vor einem kleinen, liebevoll restaurierten Fachwerkhaus am Fuße des Schlossberges. Die ältere Dame, die ihm öffnet, schätzt Stefan Haberland auf etwa siebzig Jahre. Sie wirkt noch immer grenzenlos erschüttert vom gewaltsamen Tod der Nichte.

„Frau Nowak, entschuldigen Sie die erneute Störung. Uns ist bewusst, dass die Ereignisse Sie stark mitgenommen haben. Doch es ist wichtig, jetzt so viele Informationen wie möglich zu sammeln. Ist Ihnen in der Zwischenzeit noch etwas eingefallen, das uns bei unseren Ermittlungen weiterhelfen kann? Hatte Ihre Nichte einen Freund oder vielleicht eine Freundin, mit der wir reden könnten?

Jemanden, dem sie ihre kleinen Geheimnisse anvertraut hat?"

Heidemarie Nowak schüttelt betrübt den Kopf.

„Nein, Heidrun hatte keinen Freund, da bin ich mir absolut sicher. Aber sie hat eine Schulfreundin, mit der sie sich gelegentlich noch trifft." Stefan Haberland entgeht nicht, dass Frau Nowak die Endgültigkeit des Todes ihrer Nichte noch nicht verinnerlicht hat.

Sie fährt fort: „Jasmin Färber wohnt auch hier in Hohenlimburg, in der Kaiserstraße. Sie arbeitet in einem Kindergarten, allerdings kann ich Ihnen nicht sagen, in welchem. Die Mädchen nehmen in den Wintermonaten immer an einem Aqua-Fitness-Kurs im Hallenbad teil. Der neue Kurs startet im Oktober. Jetzt wird Jasmin allein hingehen müssen."

Schon wieder laufen der älteren Frau Tränen über das Gesicht, die sie mit einem zerknüllten Taschentuch fortwischt.

„Und diese Freundin war nicht zur Preisverleihung ihrer Nichte eingeladen?"

„Nein, Heidrun hatte doch niemandem von dem Buch erzählt. Sie wollte nicht, dass man sie auslacht, falls ihr Krimi ungelesen in den Regalen der Buchhandlungen stehen bleiben würde. Sie hatte nie mit einem solchen Erfolg gerechnet. Sie hat sich schon immer viel zu wenig zugetraut", schließt Heidemarie Nowak leise und traurig.

„Und Sie? Waren Sie auch nicht bei der Preisverleihung? Haben Sie ebenfalls nichts von dem Buch gewusst?", will Stefan Haberland erstaunt wissen.

„Doch, natürlich war ich da. Heidrun war so stolz und freute sich über die Auszeichnung. Ich war natürlich ganz besonders stolz. Wissen Sie, Heidruns Eltern starben bei einem Autounfall, da war sie gerade dreizehn Jahre alt. Direkte Verwandte hatte sie nicht und so habe ich das Mädchen bei mir aufgenommen."

„Ich dachte, Sie sind ihre Tante?"

„Nicht direkt. Ich war die Tante ihrer Mutter. Ich hatte keine Kinder, wollte auch nie welche, bis dann der Unfall passierte und Heidrun allein blieb. Da habe ich spontan beschlossen, sie bei mir aufzunehmen. Zuerst war das wirklich schwierig für uns, denn ich hatte ja keine Erfahrung mit Teenagern, doch mit der Zeit wurden wir zu einem eingespielten Team. Dass Heidrun an einem Buch schrieb, hat sie allerdings auch mir erst erzählt, als sie nach einem Verlag für das fertige Manuskript suchte. Gemeinsam haben wir dann im Internet den Schönleitner-Verlag gefunden, der das Buch auch tatsächlich verlegt hat. Heidrun hatte sich so viel Mühe mit dem Text gemacht, doch bevor das Buch in Druck gehen konnte, musste sie noch ganz viel an ihrer Geschichte ändern und ergänzen. Sie war so unbeschreiblich glücklich, als sie das erste gedruckte und gebundene Exemplar in ihren Händen hielt." Heidemarie Nowaks Augen strahlen voller Stolz beim Gedanken an diesen Moment. „Und jetzt ist sie tot, ermordet", setzt sie noch immer fassungslos und unendlich traurig hinzu.

„Wann haben Sie die Preisverleihung verlassen?", lenkt Haberland das Gespräch wieder auf den Tattag zurück.

„Ich habe mir die Preisübergabe angesehen, die Reden gehört und Heidruns strahlendes Lächeln gesehen. Sie war so stolz und glücklich. Als dann die Gäste zum Büffet gebeten wurden, bin ich nach Hause gegangen. Die vielen Menschen und Reden waren mir irgendwann zu viel. Ich wollte lieber allein sein. Wenn ich gewusst hätte, was danach passierte, wäre ich niemals gegangen. Vielleicht würde mein Mädchen dann noch leben."

Schon wieder fließen die Tränen bei Frau Nowak.

„Hat Ihre Nichte mal etwas von einer Bedrohung, anonymen Briefen oder Mails erzählt? Hatte sie vor irgendetwas Angst?" Stefan Haberland schaut die ältere Dame aufmerksam an.

„Nein, sie war so glücklich wie schon lange nicht mehr. Ich kann mir wirklich nicht vorstellen, wer ihr das angetan hat und warum. Bitte finden Sie denjenigen, der meine Kleine ermordet hat", bittet Heidemarie Nowak eindringlich.

Zum Abschied nimmt sie Stefan Haberlands Hand und drückt sie, wie um ihm ein Versprechen abzunehmen.

„Wir tun alles, um dieses Verbrechen aufzuklären", verspricht er mit einem unprofessionellen Kloß im Hals. Dieser Fall nimmt ihn viel mehr mit, als er erwartet hat. Angesichts der verzweifelten Frau ist ihm seine übliche Distanz abhandengekommen.

Schnell dreht er sich zu seinem Fahrzeug um.

„Ach Moment, Herr Kommissar. Mir fällt gerade ein, dass ich doch jemanden gesehen habe, den Heidrun kannte. Ein junger Mann, der früher in der Nachbarschaft gewohnt hat. Als sie noch zur Schule gingen, hat er Heidrun immer geärgert. Er hat ihr die Schultasche weggenommen und die Hefte und Bücher in den Schmutz geworfen. Einmal hat er die Hefte sogar in der Lenne versenkt. Das war sowieso ein ganz übler Bursche. Er hat sogar im Gefängnis gesessen, weil er Autos geklaut und zu Schrott gefahren hat."

„Und den Mann hat Ihre Nichte zur Preisverleihung eingeladen?", fragt Stefan Haberland verblüfft.

„Nein, sie hat ihn nicht eingeladen. Er stand als Koch am Büffet. Ich glaube, er arbeitet jetzt für das Restaurant, das das Catering übernommen hat."

„Wissen Sie zufällig auch noch seinen Namen?"

„Natürlich, Christian Lindenberg! Wir waren damals so froh, als er endlich fortzog. Immer dieser Lärm von seinem Motorrad. Dem kann man nicht über den Weg trauen", setzt Frau Nowak mit Verachtung in der Stimme hinzu.

„Und Sie trauen ihm den Mord an Ihrer Nichte zu?"

„Ich weiß es nicht, wem traut man ein solches Verbrechen schon zu", antwortet Frau Nowak mit traurig gesenkter Stimme.

„Wir werden den Mann auf jeden Fall überprüfen. Vielen Dank, Frau Nowak, dass Sie sich heute Morgen so viel Zeit für meine Fragen genommen haben. Wenn Ihnen noch etwas einfällt, können Sie mich jederzeit anrufen", verabschiedet sich Stefan Haberland endgültig von der älteren Dame.

Anschließend steigt er in sein Auto, um Jasmin Färber, die Freundin des Opfers, aufzusuchen. Er hofft, sie an einem Sonntagvormittag zu Hause anzutreffen.

Bevor er an der angegebenen Adresse aussteigt, informiert er Andreas Sternberg telefonisch über seine bisherigen Ermittlungsergebnisse.

„Ich werde Britta mit der Überprüfung von diesem Christian Lindenberg beauftragen", entscheidet Sternberg.

„Dann werde ich jetzt noch mit der Freundin Jasmin Färber sprechen. Danach komme ich zurück ins Kommissariat. Bis später", beendet Stefan das Telefonat.

Jasmin Färber

Als Kommissar Stefan Haberland an der Wohnungstür klingelt, wird ihm von einem jungen Mann im Trainingsanzug geöffnet.

„Vielen Dank, aber wir brauchen keinen Bibelunterricht. Es ist Sonntag und wenn wir über die Bibel diskutieren möchten, gehen wir in die Kirche", fährt ihn der Mann an, bevor sich Haberland überhaupt vorstellen kann.

„Entschuldigen Sie, aber ich bin von der Kriminalpolizei und nicht von den Zeugen Jehovas. Mein Name ist Stefan Haberland und ich möchte mit Frau Jasmin Färber sprechen. Ist sie zu Hause?"

„Was hat Jasmin mit der Kriminalpolizei zu tun?", will der Mann, der die Tür noch immer nicht freigibt, wissen.

„Das werde ich ihr persönlich erklären", wird Stefan Haberlands Ton jetzt eisig.

„Haben Sie einen Durchsuchungsbeschluss, sonst kommen Sie hier nicht rein!"

„Brauche ich denn einen? Wer sind Sie überhaupt? Bisher haben Sie sich nicht vorgestellt", fordert Haberland den Namen des Mannes, während er seinen Polizei-Ausweis hochhält. Er ärgert sich über den Kerl, der keine Anstalten macht, Jasmin Färber über seine Anwesenheit zu informieren.

„Solange nichts gegen mich persönlich vorliegt, werde ich Ihnen meinen Namen nicht nennen! Jetzt will ich wissen, was Sie von Jasmin wollen", drohend baut sich der muskel-bepackte Mann, Typ Bodybuilder, in der Wohnungstür auf.

„Sven, wer ist denn da? Warum steht ihr noch immer an der Tür? Ziehst du etwa wieder deine Show ab?"

Aus einem Zimmer der Wohnung taucht eine zierliche junge Frau auf. Ihre dunkelblonden Haare hat sie zu einem Pferdeschwanz zusammengebunden und ihr schmaler Körper steckt in einer lässigen Jogginghose und einem riesigen Shirt, auf dem ein Teddybär abgebildet ist.

„Entschuldigen Sie meinen Freund Sven. Er ist eigentlich ganz harmlos. Es macht ihm Spaß, Fremde zu erschrecken. Ich bin Jasmin Färber, Sie wollten mit mir sprechen. Was habe ich denn angestellt", lächelt sie den überraschten Kommissar freundlich fragend an.

„Kommissar Stefan Haberland. Ich habe einige Fragen an Sie. Doch zuerst muss ich Ihnen leider mitteilen, dass Ihre Freundin Heidrun Bauer gestern tödlich verletzt wurde."

Jasmin wird blass und greift nach der Hand des Bodybuilders.

„Oh, mein Gott! Was ist passiert? Hatte sie einen Autounfall?", stößt Jasmin entsetzt hervor.

Der Bodybuilder gibt die Tür frei und führt die junge Frau zu einem Sofa im Wohnzimmer der Wohnung. Stefan Haberland folgt den beiden.

Dort angekommen starren ihn die beiden mit großen Augen fragend entgegen.

„Es tut mir leid Ihnen sagen zu müssen, dass Ihre Freundin Opfer eines Anschlags wurde", setzt Haberland behutsam fort.

„Sind Sie sicher, dass Sie von Heidrun Bauer sprechen? Heidrun hat sich immer aus allen Auseinandersetzungen herausgehalten. Sie wäre nie zu einer dieser Demos gegangen", mischt sich der Bodybuilder jetzt ein.

„Es handelte sich auch nicht um eine Demonstration. Frau Bauer wurde Opfer eines Mordanschlags. Sie wurde gestern Abend vom Wehrgang des Schlosses in die Tiefe geworfen, nachdem ihr jemand den Schädel eingeschlagen hat", stellt Haberland scheinbar emotionslos fest, während er die Reaktion der beiden genau beobachtet.

„Das kann nicht sein! Wer sollte Heidrun denn ermorden und warum? Es muss sich um einen Irrtum handeln. Haben Sie schon mit ihrer Tante Heidi gesprochen? Die wird Ihnen bestätigen können, dass Sie sich irren", ruft Jasmin mit schriller Stimme.

„Wir haben bereits mit Frau Nowak gesprochen. Sie hat ihre Nichte zweifelsfrei identifiziert. Sie war es auch, die mir Ihre Adresse gegeben hat. Sie meint, dass Sie Frau Bauer am besten gekannt haben. Ihnen hätte sie vielleicht auch über eine mögliche Bedrohung berichtet. Sie glaubt ebenfalls, dass Sie Frau Bauers Privatleben am besten kennen würden."

„Da bin ich mir keineswegs so sicher. In den letzten Monaten hat sich Heidrun immer mehr zurückgezogen und wir haben uns nur noch selten gesehen. Irgendetwas hat sie stark beschäftigt, doch sie wollte nicht mit mir darüber sprechen."

„Sie wissen also nicht, dass Frau Bauer gestern den Newcomer-Preis des deutschen Buchhandels erhalten hat?"

Jasmin schüttelt erstaunt den Kopf: „Nein, was für eine Auszeichnung soll das sein? Davon höre ich das erste Mal."

„Frau Bauer hat einen Besteller geschrieben, einen Krimi, der jetzt diesen Preis erhalten hat. Wussten Sie das wirklich nicht?", fragt Haberland verblüfft.

„Heidrun soll ein Buch geschrieben haben? Das kann überhaupt nicht sein, schon in der Schule fehlte ihr jegliche Fantasie", mischt sich der Bodybuilder erneut ein.

„Darf ich jetzt endlich Ihren Namen erfahren", wendet sich Kommissar Haberland genervt an den jungen Mann.

„Sven Kemper, mein Name ist Sven Kemper. Ich arbeite mit Jasmin zusammen im Kindergarten. Ich kenne Heidrun seit der Grundschule. Sie hat ganz sicher niemals ein Buch geschrieben", setzt Sven, der Body-builder, spontan hinzu.

„Doch, ganz sicher. Gestern wurde sie mit diesem Preis auf Schloss Hohenlimburg ausgezeichnet. Was können Sie mir sonst über Frau Bauer erzählen?", fragt Haberland noch einmal.

„Wir waren zusammen mit Heidrun in der Grundschule und sind später alle drei zur Realschule gewechselt. Sie ist nett und absolut zuverlässig, aber sie hat niemals einen Bestseller geschrieben, das ist völlig unmöglich", behauptet Sven Kemper entschieden.

„Das ist alles so unglaublich! Haben Sie schon eine Spur? Sie müssen Heidruns Mörder finden, sie hat so etwas nicht verdient", Jasmin Färber schaut Stefan Haberland auffordernd an.

„Genau, das Schwein muss dafür bezahlen", setzt Sven Kemper entschieden hinzu.

Stefan Haberland nickt und fragt: „Haben Sie einen Verdacht, wer ihr etwas antun wollte?"

„Nein, ich kann mir einfach nicht vorstellen, wer das getan haben könnte", antwortet Jasmin.

„Niemand hätte einen Grund, Heidrun umzubringen", setzt Sven hinzu.

„Können Sie mir sonst noch etwas über Ihre Freundin erzählen", wendet sich Haberland noch einmal direkt an Jasmin Färber.

„Wie gesagt, in den letzten Monaten haben wir uns kaum gesehen. Sie hat oft gesagt, dass sie schrecklich viel zu tun hat. Außerdem hatte sie wohl auch Stress in der Kanzlei, für die sie gearbeitet hat. Genaues weiß ich aber auch nicht. Mir ist bisher gar nicht aufgefallen, wie wenig wir in letzter Zeit miteinander geredet haben", setzt Jasmin nachdenklich und traurig hinzu.

„Ich habe Heidrun auch nur gesehen, wenn sie sich mit Jasmin getroffen hat. Früher waren die beiden öfter zusammen weg, aber den Sommer über war Heidrun gar nicht mehr hier. Ist mir auch erst jetzt aufgefallen", murmelt Sven Kemper sichtlich erschüttert.

„Danke für Ihre Zeit. Wir werden weiter ermitteln. Irgendeine Spur muss es geben, wir werden sie finden", verspricht Kommissar Stefan Haberland dem Paar.

Mit einem festen Händedruck verabschiedet er sich von den jungen Leuten, die nachdenklich zurück bleiben, während er ins Kommissariat fährt.

Den Rest des Tages verbringt das Team um Oberkommissar Sternberg mit ermüdenden Verhören und endlosen Recherchearbeiten.

Britta Landshut überprüft die Polizeiakten von Christian Lindenberg. Er hat tatsächlich einige Zeit im Gefängnis verbracht, wo er eine Ausbildung zum Koch gemacht hat. Wie Frau Nowak vermutete, hat er eine Anstellung in einem Restaurant gefunden, das sich auf das Catering von Veranstaltungen spezialisiert hat. Nach einigen Telefonaten verliert sich auch diese Spur.

„Herr Lindenberg kommt als Täter nicht in Frage, denn er hat den ganzen gestrigen Nachmittag am Büffet gestanden. Dafür gibt es unzählige Zeugen. Die Speisentheke war ständig umlagert und die beiden Köche hatten keine Möglichkeit, ihren Arbeitsplatz am Büffet zwischendurch zu verlassen. Nicht einmal eine Zigarettenpause konnten sie einlegen, hat mir sein Kollege bestätigt", berichtet Britta ihrem Chef.

Wieder eine Sackgasse, denkt Britta Landshut frustriert.

Brittas Kollegen überprüfen währenddessen die Besucher der Preisverleihung.

Eine heiße Spur finden sie nicht.

Tag 3 der Ermittlungen
Auch der dritte Tag beginnt mit einer Teambesprechung. Wieder stehen Kaffee und Brötchen auf dem Tisch.

„Was können Sie mir heute sagen? Gibt es mittlerweile irgendeine Spur, oder ein mögliches Motiv? Irgendetwas, das ich bei der heutigen Pressekonferenz mitteilen kann", erkundigt sich Staatsanwalt Wolfgang Reinhardt, der heute ebenfalls im Besprechungsraum anwesend ist.

„Noch gar nichts. Wir wissen auch noch immer nicht, was diese schweren Schädelverletzungen verursacht hat. Der Sturz von der Mauer war es definitiv nicht. Die Gerichtsmedizin geht aber von zwei gezielten Schlägen aus, die mit einem Rohr oder etwas Ähnlichem ausgeführt wurden, bevor das Opfer in die Tiefe gefallen ist", informiert ihn Oberkommissar Sternberg. „Auf dem Wehrgang, oberhalb des Fundortes, wurden Blutspuren gefunden. Das Opfer wird sicher nicht selbst gesprungen sein, denn zu dem Zeitpunkt war Frau Bauer nach Auffassung des Gerichtsmediziners bereits bewusstlos. Jemand muss also nachgeholfen haben."

„Ich gehe mal davon aus, dass die Spurensicherung kein Mordwerkzeug gefunden hat", setzt Staatsanwalt Reinhardt seine Befragung pessimistisch fort.

„Bisher nicht. Es wurde alles abgesucht, doch ohne Ergebnis. Der Mörder muss den Gegenstand mitgenommen haben", erklärt Sternberg ebenso frustriert.

„Dann machen Sie weiter und sehen Sie zu, dass Sie bald Ergebnisse liefern", grummelt der Staatsanwalt und macht sich auf den Weg zur Pressekonferenz.

„Ich habe mich heute Morgen bereits mit den Mitarbeitern der Anwaltskanzlei unterhalten, bei der unser Opfer angestellt war. An ihrer Arbeitsstelle wird sie als zurückhaltend und unauffällig, aber fleißig beschrieben. Ihre Kollegen hatten keine Ahnung, dass Frau Bauer ein Buch geschrieben hat und dafür ausgezeichnet wurde. Allerdings hatte Frau Bauer wohl Probleme mit einem der Anwälte. Er soll ihr mehrfach Unfähigkeit vorgeworfen haben. Sie hat sogar eine Abmahnung erhalten", liest Stefan Haberland seine neuesten Ermittlungsergebnisse vor.

„Kümmert euch darum. Sprecht mit dem Anwalt. Wir brauchen einfach mehr Infos", wird das Team von Oberkommissar Sternberg angewiesen.

„Ich kümmere mich gleich nach der Besprechung darum", bietet sich Britta sofort an. „Habt ihr übrigens heute Morgen schon die Zeitung gelesen? Es ist ein Bericht über unser Opfer darin."

„Genau, und darum kann ich heute auch mal etwas zu den Ermittlungen beitragen", grinst Andreas Sternberg und wirft eine Tageszeitung auf den Besprechungstisch.

Auf der ersten Seite des Lokalteils ist ein Bericht über die Preisverleihung und den mysteriösen Tod der Preisträgerin, Gesa Bertiger, am selben Abend.

„Tod nach Preisverleihung", lautet die Schlagzeile.

„Am Samstag erhielt die Jungautorin Gesa Bertiger den Newcomer-Preis des deutschen Buchhandels. Doch der Tag endete mit dem Tod der Preisträgerin, denn die junge Frau stürzte vom Wehrgang des mittelalterlichen Schlosses in die Tiefe. Hierbei handelte es sich aber keineswegs um einen tragischen Unfall, sondern offensichtlich um einen brutalen Mord. Es wurden Verletzungen gefunden, die nicht vom Sturz von den Schlossmauern

herrühren können. Die Kriminalpolizei hat bereits die Ermittlungen aufgenommen.

In einem letzten Interview, das die Autorin kurz vor ihrem Tod exklusiv mit dieser Zeitung führte, bedankte sich Gesa Bertiger noch einmal ausdrücklich bei Sandra Winter, Berthold Köhler, Rüdiger Nolte und Gesine Arnold, die die Autorin erst zu ihrem Bestseller inspiriert haben und die sie als ihre Co-Autoren bezeichnete."

„Diese vier Namen stehen auch auf den Anwesenheitslisten, die von der Polizei vor Ort erstellt wurde. Die Personen waren also bei der Preisverleihung, wurden aber nicht ausgezeichnet. Es wurde nicht einmal erwähnt, dass sie ebenfalls an dem Buch mitgewirkt haben. Das finde ich schon sehr merkwürdig. Müssten die Co-Autoren nicht auch geehrt, oder wenigstens namentlich genannt werden? Wir sollten uns mit diesen Leuten unbedingt noch einmal unterhalten, denn das erscheint mir doch sehr zweifelhaft", verkündet Oberkommissar Sternberg und schickt sein Team los, die vier Personen noch einmal intensiv zu ihrem Beitrag zum Bestseller >Die schwarze Hand< zu befragen.

Im Laufe des Tages kommt endlich Bewegung in die Ermittlungen, denn es meldet sich eine Zeugin.

Die Zeugin

„Guten Tag, mein Name ist Evelyn Schreiber und ich möchte zu dem Kommissar, der den Mord an Heidrun Bauer bearbeitet", schiebt sich eine Mittfünfzigerin in das Besprechungs- zimmer, in dem Sternberg mit zwei Mitarbeitern über den bisherigen Ermittlungsergebnissen brütet. Unsicher bleibt sie in der Tür stehen und zieht eine Mütze von ihren bereits ergrauten Haaren.

„Ich bin der zuständige Oberkommissar Andreas Sternberg und leite die Ermittlungen", erhebt sich Sternberg von seinem Bürostuhl und kommt der Frau mit ausgestreckter Hand entgegen.

„Ich bin Evelyn Schreiber, aber das sagte ich ja schon. Entschuldigen Sie bitte, ich hatte noch nie mit der Kriminalpolizei zu tun und bin etwas aufgeregt."

„Kein Problem, das geht den meisten Menschen so. Kommen Sie, gehen wir nach nebenan, meine Leute haben noch zu tun", führt Sternberg die nervöse Frau in sein Büro.

„Was kann ich denn für Sie tun?", eröffnet er das Gespräch, nachdem sie sich an einen kleinen runden Tisch am Fenster seines Büros gesetzt haben. Der große Schreibtisch ist im Moment mit Ermittlungsunterlagen bedeckt und wirkt außerdem auf die meisten Besucher einschüchternd, wie er aus Erfahrung weiß.

„Also, ich bin Evelyn Schreiber, selbst Autorin und gebe gelegentlich Schreibseminare, Krimi-Workshops, falls Ihnen das mehr sagt. Bei einem dieser Workshops habe ich Heidrun Bauer kennengelernt. Sie ist mir im Gedächtnis geblieben, weil sie eigentlich nicht in den Kurs passte. Als ich jetzt davon hörte, dass sie ein Buch geschrieben hat und ich das Werk selbst gelesen habe, überkam mich gleich ein ungutes Gefühl. Als sie dann aber auch noch diesen Preis dafür gewann, war klar, dass es Ärger geben würde. Ich war geschockt, als ich heute in der Zeitung von diesem Mord gelesen habe. Damit konnte doch niemand rechnen. Wie konnte das nur passieren?"

Mittlerweile ist Frau Schreiber wieder aufgestanden und läuft nervös in Sternbergs Büro herum.

„Jetzt beruhigen Sie sich erst mal. Sie kennen also Frau Bauer von früher. Wann haben Sie sie denn kennengelernt?", versucht der Kommissar die aufgeregte Frau zu beruhigen.

„Das ist ungefähr drei Jahre her. Damals habe ich einen Workshop auf dem alten Schloss in Hohenlimburg gegeben. Es hatten sich fünf Teilnehmer angemeldet, die unterschiedlicher nicht sein konnten. Ich habe es vorhin extra noch einmal in meinen Aufzeichnungen nachgeschlagen, weil ich mich nicht mehr an alle Namen erinnern konnte. Ist ja auch schon eine Weile her. Hier, ich habe meine Unterlagen mitgebracht. Ich mache mir immer Notizen zu meinen Kursen, um vielleicht Einzelheiten in meine eigenen Bücher einfließen zu lassen. Hier steht es: Heidrun Bauer, unsicher, wenig kreativ, hat die Ideen der anderen Kursteilnehmer mitgeschrieben. Das ist eher ungewöhnlich, aber sie hatte vorher gefragt, ob es irgendwelche Einwände dagegen gab, aber es war für die anderen wohl kein Problem, denn sie stimmten zu."

„Können Sie mir auch etwas über die anderen Teilnehmer sagen?", hakt Sternberg sofort nach.

„Natürlich, ich habe mir zu allen Kursteilnehmern Notizen gemacht. Da war Rüdiger Nolte, ein Verleger, der angeblich neue Talente suchte und ständig Werbung für seinen Verlag machte. Dann war da noch Berthold Köhler, so ein Ökofreak, der mit dem Rad kam und einen Fahrradratgeber schreiben wollte. Er hatte vorher schon öfter an meinen Schreibseminaren teilgenommen, weil er Erfahrungen sammeln wollte. Später habe ich ihn allerdings nie wieder gesehen. Und dann noch die beiden Frauen, Sandra Winter und Gesine Arnold. Sandra war schon etwas älter und offenbar mit Leib und Seele Mutter. Sie hat an dem Tag mindestens drei Mal zu Hause angerufen. Gesine Arnold war noch sehr jung und gab an, als Model für bekannte Mode-Labels zu arbeiten. Das ist ein Bereich, in dem ich mich gar nicht auskenne. Die vier haben gemeinsam tatsächlich den Plot eines Kriminalromans erarbeitet. Heidrun Bauer hatte allerdings keinen Anteil daran, deshalb hat es mich auch so gewundert, dass ausgerechnet sie einen Bestseller geschrieben hat."

„Aber das hat sie doch, sonst hätte sie den Preis nicht erhalten."

„Sie hat ein Buch geschrieben, ja, aber die Ideen dazu haben die vier anderen Teilnehmer geliefert. Frau Bauer hat einfach den erarbeiteten Plot für ihr Buch genutzt. Darüber hinaus hat sie noch weitere Protagonisten eingefügt, von denen vier Figuren eindeutig Sandra Winter, Gesine Arnold, Rüdiger Nolte und Berthold Köhler beschreiben. Die kommen allerdings nicht gut dabei weg. Frau Bauer hat ihre Figuren stark überzeichnet."

„Aber wenn Frau Bauer tatsächlich die Ideen dieses Workshops für ihr Buch genutzt hätte, wäre das dann doch Diebstahl geistigen Eigentums, oder gibt es das bei Autoren nicht?", fragt Oberkommissar Sternberg, der aufmerksam zugehört und sich Notizen gemacht hat.

„Doch, das gibt es auch in der Buchbranche. Deshalb war der Ärger ja vorprogrammiert. Was kann da nur passiert sein, dass Heidrun Bauer nun tot ist? Ich bin mir sicher, dass alles irgendwie zusammenhängt", beendet Evelyn Schreiber ihre Aussage.

„Wir werden der Sache nachgehen. Vorerst bedanke ich mich aber bei Ihnen. Einer meiner Mitarbeiter wird Ihre Aussage noch protokollieren. Sie haben jedenfalls endlich etwas Licht in die Sache gebracht. Vielen Dank noch einmal. Wir melden uns, falls wir noch Fragen haben, Frau Schreiber", verabschiedet Sternberg die Autorin, bevor er sie in das Büro eines Mitarbeiters führt.

Nachdem ihre Aussage protokolliert wurde und sie das Kommissariat verlassen hat, schaut sich Andreas Sternberg seine Aufzeichnung noch einmal an. Sollte tatsächlich einer der Kursteilnehmer ein Mörder sein?

Achim Niederkamp

In der Zwischenzeit betritt Britta Landshut eine angesehene Anwaltskanzlei in Dortmund, den Arbeitgeber von Heidrun Bauer. Ihren Versuch, telefonisch etwas über die Probleme zwischen Heidrun Bauer und Dr. Achim Niederkamp zu erfahren, wurden von dem Anwalt einfach abgewimmelt. Nun sucht sie ihn persönlich in seinem Büro auf.

Nach ihrem Hinweis: „Herr Dr. Niederkamp, Sie wollen doch unsere polizeilichen Ermittlungen zum Tod von Frau Bauer nicht behindern, indem Sie uns notwendige Auskünfte verweigern", wird sie von dem Anwalt auf einen späteren Zeitpunkt vertröstet. Er betont, noch einen dringenden Gerichtstermin zu haben.

Die Zeit nutzt Britta, um sich bei Heidrun Bauers Kollegen umzuhören.

Als sich Dr. Niederkamp später endlich Zeit für ihre Befragung nimmt, hat sie schon einige Informationen über ihn gesammelt. Nun sitzt sie einem extrem übergewichtigen Mann mittleren Alters gegenüber, der sie abschätzend von oben bis unten mustert.

„Was kann ich denn für die Polizei tun", eröffnet Dr. Niederkamp jovial das Gespräch.

„Wir haben im Zuge unserer Ermittlungen zum Tod von Heidrun Bauer erfahren, dass Frau Bauer auf Ihr Betreiben hin eine Abmahnung erhalten hat. Würden Sie mir sagen, wie es dazu gekommen ist", fragt Britta höflich, während sie den anzüglichen Blick des Anwalts demonstrativ ignoriert.

„Das ist kein Geheimnis. Frau Bauer hat eine wichtige Gerichtsakte verloren und auch einige dringende Einspruchsfristen nicht in unserem Computersystem hinterlegt. Dadurch wurde der Einspruch gegen einen richterlichen Beschluss zu Lasten meines Mandanten nicht fristgerecht eingelegt. Mein Mandant wurde zu einer längeren Gefängnisstrafe verurteilt. Alles nur, weil Frau Bauer ihren Aufgaben nicht gewachsen war und sie nicht gewissenhaft erledigt hat", beendet der Anwalt seine Anschuldigungen gegenüber Heidrun Bauer.

Hätte Britta nicht vorher mit einigen Angestellten der Anwaltskanzlei gesprochen, würde sie Dr. Niederkamp jetzt sicher uneingeschränkt zustimmen.

Wie sie allerdings von Heidruns Kollegen gehört hat, ist Dr. Niederkamp bekannt dafür, seine Termine öfter zu verpassen und dann regelmäßig die weiblichen Rechtsanwaltsgehilfen dafür verantwortlich zu machen.

„Diese kleine Tippse war offensichtlich überfordert und mit ihren Gedanken nicht bei ihrer Arbeit", setzt der Anwalt noch hinzu.

„Frau Bauer hat am Samstag eine Auszeichnung für ein von ihr verfasstes Buch erhalten. Wussten Sie davon?" Britta beobachtet seine Reaktion genau.

„Nein, sie hat ein Buch geschrieben? Dann ist es doch kein Wunder, dass ihre Gedanken nicht bei der Arbeit waren. Wer weiß, wieviel Zeit sie an ihrem Arbeitsplatz für dieses Buch verschwendet hat", sieht Dr. Niederkamp sofort alle seine Vorurteile bestätigt.

Britta hat genug von seiner herablassenden Art. Seine Beschreibung

114

von Heidrun Bauer deckt sich in keiner Weise mit denen der anderen Anwälte und Angestellten der Kanzlei.

Aber möglicherweise besteht ein Zusammenhang zwischen der verschwundenen Akte, der Inhaftierung des Mandanten und der Ermordung Heidrun Bauers!

„Können Sie mir sagen, um welches Verfahren es sich bei der verschwundenen Gerichtsakte gehandelt hat?", fragt Britta deshalb nach.

„Leider nicht! Sie wissen schon, Mandantenschutz", hebt Dr. Niederkamp mit einem übertriebenen Bedauern seine breiten Schultern. „War es das jetzt? Ich habe noch ein wichtiges Mandantengespräch", verabschiedet er Britta. Die schließt ihre Aufzeichnungen und verlässt mit einem flüchtigen Dank sein Büro.

Wenn sie für diesen Anwalt arbeiten müsste, hätte sie sicher auch Probleme mit ihm, ist sie sich sicher. Möglicherweise führt aber diese verschwundene Akte zum Mörder von Heidrun Bauer.

Zurück im Kriminalkommissariat versucht sie zu ermitteln, um welches Verfahren es sich bei der verschwundenen Akte gehandelt haben könnte, doch sie kommt nicht weiter.

Die Verhöre

Am Nachmittag sitzen die vier ehemaligen Teilnehmer des Workshops in unterschiedlichen Büros des Kriminal-kommissariats, damit sie keine Gelegenheit haben, sich abzusprechen.

Berthold Köhler

Berthold Köhler sitzt Britta Landshut gegenüber.

„Wo war die Polizei denn, als man mich bei Nacht auf dem Fahrrad angefahren hat? Sehen Sie mich an, ich bin ein Krüppel, weil irgendein Idiot nicht aufgepasst hat. Damals hat es keinen interessiert, was aus mir wurde. Aber jetzt, da es eine Preisträgerin, einen Neu-Promi, getroffen hat, wird die Polizei aktiv. Diese Heidrun Bauer war eine Diebin, denn sie hat unsere Ideen für ihr Buch geklaut. Dieses Werk sollte meinen Namen tragen, ich hatte die Idee dazu. Jetzt, da sie tot ist, wird es sich noch besser verkaufen. Das ganze Geld würde mir zustehen", redet sich Berthold Köhler in Rage.

„Herr Köhler, es geht hier nicht um ein Buch, sondern um den Mord an einer Frau, die Sie persönlich gekannt haben. Sie waren gestern ebenfalls bei der Preisverleihung, zu der nur geladene Gäste Zutritt hatten. Wie sind Sie eigentlich an eine Einladungskarte gekommen?"

„Die hat man mir geschenkt", murmelt Berthold und leckt über seine trockenen Lippen. „Kann ich ein Glas Wasser haben? Mir geht es nicht gut."

Britta winkt einem Streifenbeamten, der vor der Tür als Wache steht, zu und bestellt ein Wasser.

„Also noch mal, wer hat Ihnen die Karte zur Preisverleihung geschenkt? Haben Sie irgendetwas mit dem Tod Heidrun Bauers zu tun? Sie waren am Tatort und hatten ein Motiv, weil Frau Bauer die von Ihnen erarbeitete Texte für ihren Bestseller genutzt hat!"

Berthold nimmt einen Schluck Wasser, doch das Zittern seiner Hände kann das nicht beruhigen.

„Ich wusste doch gar nicht, dass die Preisträgerin diese verrückte Heidrun Bauer war. Das hat mir vorher keiner gesagt. Ich bin unschuldig. Suchen Sie lieber denjenigen, der mich nach diesem verfluchten Workshop vor drei Jahren einfach über den Haufen gefahren hat."

„Ihr Unfall geschah nach diesem Workshop, bei dem Sie gemeinsam das Konzept für >Die schwarze Hand< erarbeitet haben? Das haben Sie bisher nicht erwähnt. Das ist ja interessant. Waren Sie etwa der Meinung, dass Heidrun Bauer Sie angefahren hat?"

„Das habe ich nicht gesagt, aber es wäre doch immerhin möglich."

„Das würde Ihnen aber auch ein sehr überzeugendes Motiv für den Mord an Heidrun Bauer liefern. Sie haben sich gerade in die erste Reihe der Verdächtigen geredet. Ich hole jetzt Oberkommissar Sternberg dazu, der die Ermittlungen leitet", erklärt Britta und verlässt den

Raum, um Sternberg über ihre neuesten Erkenntnisse in Kenntnis zu setzen.

„Das wirft ein ganz neues Licht auf diesen Fall. Du hast recht, wir sollten noch einmal intensiv mit Herrn Köhler reden", bestätigt Sternberg, nachdem Britta ihm von dem Unfall erzählt hat.

„Der scheint auch ein massives Alkoholproblem zu haben. Er zittert und wird zunehmend unkonzentrierter. Soll ich ihn noch eine Weile zappeln lassen?", fragt Britta und Sternberg nickt zustimmend.

„Mal sehen, was die Kollegen noch herausgefunden haben", macht er sich auf den Weg in die anderen Vernehmungszimmer.

Sandra Winter

Nebenan wird Sandra Winter von Kommissar Stefan Haberland verhört. Auch sie ist nervös und wirkt unkonzentriert. Als Haberland das Verhör auf den Krimi-Workshop vor drei Jahren bringt, wird sie noch hektischer.

„Ich habe damit gar nichts zu tun. Den Kurs hatte mir mein Exmann geschenkt.

Wenn ich gewusst hätte, was sich alles daraus entwickelt, hätte ich niemals daran teilgenommen."

„Was hat sich denn entwickelt?", fragt Haberland, ein junger Mann mit großen blauen Augen und blonden Locken, der Frauen mit seiner jungenhaften, freundlichen Art um den Finger wickeln kann. Auch jetzt hilft ihm sein jugendliches Aussehen bei der vor ihm sitzenden Frau weiter.

„Ach, Sie verstehen das nicht. Mein Mann hat mich für eine viel Jüngere verlassen. Damals fing alles an. Er hat mir den Kurs, glaube ich, nur geschenkt, um mich für seine Affären aus dem Haus zu haben. Als ich dann an dem Abend auch noch einen kleinen Unfall hatte und mit einigen Schrammen an seinem geliebten BMW nach Hause kam, war alles aus. Kurz danach hat er mich abgeschoben und die Neue ist gleich darauf in unser Haus am Phönix-See eingezogen."

„Sie hatten damals einen Autounfall? Ist Ihnen etwas passiert?", fragt Haberland mit weicher, scheinbar besorgter Stimme nach. Diese samtweiche Stimme lässt ihn noch jünger und unbedarfter wirken. Obwohl seine Kollegen immer darüber lachen, kann er mit dieser Stimme auch die härtesten Kerle zu einem Geständnis bringen.

Auch bei Sandra Winter scheint es wieder zu funktionieren, denn sie erklärt: „Nein, es war sicher nur ein Reh, das mir ins Auto gelaufen ist, als ich diese Serpentinenstraße hinunter gefahren bin. Ich habe das Tier gar nicht gesehen, dann hat plötzlich etwas den Wagen gestreift. Weil ich jedoch nichts sehen konnte, bin ich weitergefahren. Es war so schrecklich einsam und dunkel an der Stelle. Ich hatte einfach Angst, anzuhalten und auszusteigen. Mein Ex war stinksauer, dass ich keine Polizei geholt habe, denn die Versicherung hat den Schaden am Auto nicht bezahlt."

„Sie haben nicht angehalten?"

„Nein, es war doch schon dunkel und ich musste nach Hause. Sie können sich nicht vorstellen, wie einsam und abgelegen dieses Schloss bei Nacht liegt."

Stefan Haberland nickt mitfühlend. Er ist sicher, dass die Frau noch nicht alles erzählt hat.

In dem Moment klopft es an der Bürotür und Oberkommissar Sternberg winkt ihn auf den Flur. Kurz darauf erfährt Stefan Haberland, was Britta Landshut von Berthold Köhler über seinen Unfall gehört hat.

„Das ist ja ein Ding! Ich glaube, ich habe gerade erfahren, wer den Mann damals angefahren hat."

Dann erzählt Haberland seinem Chef von Sandra Winters >Wildunfall<.

„Ich übernehme das Verhör jetzt", erklärt Sternberg und betritt zusammen mit Stefan Haberland das Büro.

„Das ist Oberkommissar Sternberg, mein Chef. Er möchte die Geschichte Ihres Unfalls noch einmal hören", erklärt Stefan Haberland der wartenden Sandra.

„Was hat das denn mit dem Mord an dieser Gesa Bertiger zu tun?", fragt sie erstaunt, erklärt sich aber bereit, trotzdem alle Fragen zu beantworten.

„Sie haben also nur einen kleinen Stoß verspürt, als Sie diesen Unfall hatten? Sie sind aber nicht ausgestiegen, um nachzusehen?"

„Nein, es war doch dunkel. Es war bestimmt nur ein Reh, das dann weggelaufen ist. Dem Tier ist sicher nichts passiert."

Sternberg schüttelt fassungslos den Kopf.

„Es war kein Reh. Sie haben Berthold Köhler auf seinem Fahrrad angefahren und ihn dann schwer verletzt am Straßenrand liegen gelassen. Das ist Fahrerflucht!", donnert Sternberg.

„Das kann nicht sein. Das hätte ich doch gemerkt. Es war wirklich nur ein kleiner Stoß. Das kann einfach nicht Berthold gewesen sein", beteuert Sandra und schaut ihn schockiert an.

„Doch, Sie haben rücksichtslos einen Menschen angefahren und dann Fahrerflucht begangen! Und jetzt waren Sie wieder involviert, als ein Mensch zu Tode kam. Wie ist es zum Tod von Heidrun Bauer gekommen?", dröhnt Sternbergs tiefe Stimme durch das Vernehmungszimmer.

„Ich weiß es nicht. Es ist einfach so passiert", schluchzt Sandra und schlägt die Hände vors Gesicht.

„Was haben Sie mit Heidrun Bauer gemacht?", setzt Sternberg sofort nach.

„Oh Gott, das war doch nicht geplant! Wir wollten ihr doch nichts tun! Wir haben uns so sehr über das Buch und ihren Erfolg damit geärgert. Als sie dann so naiv über diese furchtbaren Protagonisten gesprochen hat, die uns angeblich nachempfunden waren, sind uns die Sicherungen durchgebrannt. Ich habe ihr ins Gesicht geschlagen, aber dann hat Berthold richtig zugelangt. Hinterher konnten wir sie doch nicht so liegenlassen. Sie hätte uns doch verraten. Rüdiger hat gemeint, uns kann nichts passieren, wenn wir sie über die Mauer werfen und sie dann tot ist. Das habe ich doch alles nicht gewollt", weint Sandra verzweifelt und sucht in ihrer großen Handtasche nach einem Taschentuch.

Ihre Tatbeschreibung bleibt zunächst wage und wenig aussagefähig, doch Oberkommissar Sternberg fragt weiter: „Was ist genau passiert? Sie sollten endlich reinen Tisch machen."

Dann endlich berichtet Sandra, wie es zu dieser unglaublichen Tat gekommen ist.

„Sie geben also zu, das Opfer erst geschlagen und dann gemeinsam in die Tiefe gestoßen zu haben", fragt Kommissar Haberland, der der Vernehmung bisher schweigend zugehört hat, angewidert nach.

„Ja, ja, wir haben sie einfach über die Mauer in die Tiefe geworfen und sind dann zurück zu der Preisverleihung gegangen. Wir haben sie umgebracht", schluchzt Sandra und kann sich kaum beruhigen.

„Damit haben Sie alle sich des gemeinschaftlichen Mordes schuldig gemacht. Sie sind hiermit verhaftet", beendet Andreas Sternberg abrupt das Verhör, steht auf und verlässt das Büro. Er ist sicher, dass Stefan Haberland jetzt ein umfassendes Protokoll der Vernehmung erstellen wird.

Sandra Winter ist die erste, die eine Beteiligung an dem Mord an Heidrun Bauer zugibt.

Berthold Köhler

Währenddessen setzt Britta Landshut die Vernehmung von Berthold Köhler fort.

„Herr Köhler, was können Sie uns über Ihre Begegnung mit Heidrun Bauer nach der Preisverleihung sagen?", fragt Britta den zitternden und schwitzenden Berthold.

„Keine Ahnung, Filmriss. Ich weiß gar nichts mehr."

„Dann werden wir dieses Verhör morgen fortsetzen. Sie bleiben über Nacht hier. Brauchen Sie einen Arzt?"

„Nein, war doch nicht so gemeint. Ich werde Ihre Fragen beantworten", verspricht Berthold, der auf keinen Fall eine Nacht in der Zelle verbringen will.

„Dann also noch einmal meine Frage. Was passierte nach der Preisverleihung mit Heidrun Bauer?", fragt Britta mit fester Stimme.

„Wir haben uns in dem kleinen Türmchen getroffen. Wir wollten mit ihr über dieses Buch sprechen. Die anderen hatten es wohl gelesen und waren stinksauer, doch diese Heidrun machte auf total ahnungslos. Die Frauen sind dann auf sie losgegangen, haben sie angeschrien und Heidrun bekam wohl Angst und wollte abhauen. Wir also hinter ihr her und den Weg abgeschnitten. Dann ging es erst richtig los. Sandra hat wieder geschrien und dann angefangen, auf sie einzuschlagen. Gesine wollte das verhindern, doch Rüdiger hat Heidrun festgehalten und sie am Schreien gehindert." Wieder unterbricht Berthold seine Ausführungen und trinkt in gierigen Schlucken ein Glas Wasser.

„Was ist dann passiert? Wieso lag das Opfer tot unten im Schlossgarten?", versucht Britta ihn zum Reden zu bringen.

„Ich hatte eine plötzliche Eingebung! Mir wurde in dem Moment klar, dass diese bescheuerte Heidrun mich damals überfahren haben muss. Da bin ich ausgerastet und habe auch zugeschlagen. Rüdiger hat dann gemeint, wenn wir die Alte über die Mauer werfen, erkennt keiner, was wir getan haben. Also haben wir alle mit angefasst und sie runtergeschmissen. Das war´s."

Britta Landshut ist erschüttert über so viel Gefühlskälte.

„Sie geben also zu, dass Sie dem Opfer körperliche Gewalt angetan haben."

„Sie hatte es verdient. Sie hat mich zum Krüppel gemacht. Mein Leben besteht nur noch aus Schmerzen. Sie können sich nicht vorstellen, wie ich leiden muss. Ich habe mich nur dafür gerächt." Berthold starrt Britta Landshut aus blutunterlaufenen Augen an.

„Sie haben die Falsche bestraft. Frau Bauer hatte nichts mit Ihrem Unfall zu tun. Frau Winter hatte damals auf der Rückfahrt vom diesem Workshop einen Unfall, bei dem sie von einem Wildschaden ausging. Es ist also wahrscheinlich, dass Sie von Frau Winter angefahren wurden. Sie haben Frau Bauer also aus niederen Beweggründen verletzt und dann gemeinschaftlich in den Abgrund geworfen. Dafür nehmen wir Sie nun fest. Sie sind verhaftet und werden vor Gericht stehen", angewidert steht Britta auf. „Machen Sie sich auf eine sehr lange Zeit im Gefängnis gefasst." Dann öffnet sie die Tür und übergibt Berthold an die Polizeibeamten, die ihn ins Untersuchungsgefängnis überführen.

Erleichtert macht sie sich auf die Suche nach Oberkommissar Sternberg, um ihm von ihren Erkenntnissen zu berichten.

Rüdiger Nolte

Rüdiger Nolte wird ebenfalls verhört. Ihm gegenüber sitzt die Kommissarin Michaela Konrad, die ihn zu seinem Zusammentreffen mit Heidrun Bauer befragen will, doch er verweigert die Aussage und verlangt nach einem Anwalt.

Erst als sein Rechtsanwalt Dr. Hansen anwesend ist, kann das Verhör fortgesetzt werden.

„Wir haben die anderen Verdächtigen bereits verhört. Alle haben ein Geständnis abgelegt", drängt ihn Oberkommissar Sternberg, der nun das Verhör führt, seine Schuld ebenfalls einzugestehen.

„Ich habe nichts getan. Sandra hat mit dem Streit angefangen und Berthold hat dann zugeschlagen. Ich habe gar nichts damit zu tun."

„Das sehen Ihre Mittäter aber ganz anders. Sie sagen übereinstimmend, dass Sie darauf gedrängt haben, die Schwerverletzte über die Schlossmauer in die Tiefe zu werfen", knurrt Sternberg ihn an.

„Das können Sie mir nicht beweisen. Mir ist egal, was die anderen behaupten. Ich sage, dass ich nichts mit der Sache zu tun habe." Rüdiger wirft seinem Anwalt einen Blick zu. „Muss ich mir das gefallen lassen? Wo sind die Beweise? Ich werde hier unschuldig festgehalten."

Der Anwalt flüstert ihm leise etwas zu und Rüdiger nickt.

„Herr Nolte, uns liegen die übereinstimmenden Aussagen von drei Zeugen vor, die alle versichern, dass Sie darauf gedrängt haben, die verletzte Frau über die Schlossmauer in den Abgrund zu werfen", stellt Sternberg entschieden fest.

„Ja sicher, Zeugen, die selbst an diesem Verbrechen beteiligt waren. Die würden doch alles behaupten, um sich in ein besseres Licht zu stellen." Rüdiger bleibt dabei, dass er keine Schuld am Mord an Heidrun Bauer hat. Oberkommissar Sternberg merkt, dass er hier nicht weiterkommt.

„Wir werden Ihre Kleidung auf Spuren untersuchen lassen, Herr Nolte. Wir werden Ihnen Ihre Mittäterschaft nachweisen. Diese Nacht werden Sie auf jeden Fall hier in Gewahrsam verbringen", beendet Sternberg das Verhör.

Rüdiger wird ebenfalls in Untersuchungshaft genommen und abgeführt.

Oberkommissar Sternberg holt sich einen Durchsuchungsbeschluss beim zuständigen Staatsanwalt Wolfgang Reinhardt und schickt dann ein Team der Kriminaltechnik in Rüdiger Noltes Wohnung in Düsseldorf.

Gesine Arnold

Auch Gesine Arnold wird intensiv zum Mord an Heidrun Bauer befragt.

Die sonst so selbstbewusste Frau schaut den ermittelnden Beamten Ralf Reuter unsicher an.

„Frau Arnold, wir wissen bereits, dass Sie die ermordete Heidrun Bauer gekannt haben. Erzählen Sie doch mal, wie Sie sich kennengelernt haben", eröffnet Ralf Reuter das Verhör.

„Woher wissen Sie das denn überhaupt? Wie sind Sie so schnell auf uns gekommen?", beunruhigt schaut ihn Gesine an.

„Haben Sie die Tageszeitung von heute nicht gelesen? In den Nachrichten war ein Bericht über die Preisverleihung und den Tod der Preisträgerin. Frau Bauer hatte dem Reporter vor ihrem gewaltsamen Tod noch ein Interview gegeben, in dem sie sich bei ihren Co-Autoren namentlich bedankte."

„Sie hat unsere Namen genannt? Das wusste ich nicht."

„Geben Sie zu, dass Sie Heidrun Bauer kennen", drängt Kommissar Ralf Reuter.

„Ja, es stimmt. Wir haben uns vor etwa drei Jahren bei einem Krimi-Workshop kennengelernt. Damals haben wir ein Konzept für einen Krimi erarbeitet, aber Heidrun Bauer hat sich überhaupt nicht daran beteiligt. Jetzt hat sie einen Preis für ein Buch bekommen, das sie nur aufgrund des von uns erarbeiteten Konzeptes schreiben konnte, weil sie selbst völlig unkreativ und fantasielos ist. Dass uns das geärgert hat, können Sie sich sicher vorstellen."

„Wie haben Sie denn überhaupt von der Preisverleihung erfahren und wie sind Sie an die Eintrittskarten gekommen?", will Reuter jetzt wissen.

„Das ist etwas kompliziert. Herr Nolte, der die Preisverleihung am Samstag organisiert hat, war auch Teilnehmer des Workshops damals. Eine Zeit lang hatte ich eine Beziehung mit ihm, aber das ist lange vorbei. Als er mir vor zwei Wochen von dem Buch, das Heidrun Bauer geschrieben hat, erzählte, wollte ich unbedingt bei der Preisverleihung dabei sein. Wir haben dann auch die anderen Teilnehmer des Workshops informiert und Herr Nolte hat uns allen Eintrittskarten für die Preisverleihung besorgt. Das ist schließlich nicht strafbar." Gesine sieht keine Möglichkeit, die Tatsachen zu leugnen.

„Soweit verstehe ich alles, aber was ist dann passiert? Wieso ist Frau Bauer jetzt tot?", noch tastet sich Ralf Reuter bei seiner Befragung behutsam vor.

„Damit habe ich nichts zu tun. Wieso gehen Sie denn überhaupt davon aus, dass wir für ihren Tod verantwortlich sind?"

„Das sind nur reine Routinefragen, bitte beantworten Sie sie. Was haben Sie nach der Preisverleihung gemacht? Haben Sie noch einmal mit Frau Bauer gesprochen?", drängt Kommissar Reuter.

„Wir wollten uns nur mit Heidrun unterhalten, doch sie hat einfach nicht eingesehen, dass es falsch war, unsere Geschichte für ihr Buch zu nutzen. Den Bestseller konnte sie doch nur schreiben, weil wir ihr die Ideen dazu geliefert haben. An dem Abend hätten wir auf der Bühne stehen sollen, es war eigentlich unser Erfolg. Doch Heidrun hat uns bei unserem Treffen auf dem Wehrgang plötzlich stehen gelassen und wollte ohne eine Aussprache, auf die wir schließlich ein Recht hatten, einfach verschwinden", ereifert sich Gesine.

„Und was ist dann passiert?"

„Wir haben uns mit ihr gestritten", gibt sie widerwillig zu.

„Aber das war noch nicht alles. Wieso ist Heidrun Bauer jetzt tot?"

„Es ist eskaliert." Wie in einem Film sieht Gesine den Ablauf des Abends wieder vor sich. Plötzlich kann sie nicht länger schweigen. Unter Tränen schildert sie Ralf Reuter das Treffen mit Heidrun.

Strahlend betrat Heidrun das kleine Türmchen und begrüßte die vier Wartenden, die ihr voll unterdrückter Wut entgegen sahen.

„Habt ihr mein Buch gelesen? Wie hat es euch gefallen? Ich habe extra einige Protagonisten hineingeschrieben, bei denen ich mich von euch inspirieren ließ. Habt ihr euch erkannt?"

Diese Naivität machte Gesine sprachlos, nicht so Sandra, die Heidrun wütend anfunkelte.

„Dann soll ich also die alternde Arztgattin Isolde sein, die Mutter von Annika, die beim Regisseur Hofmeister um jeden Preis eine Filmrolle für ihre Tochter ergattern will und deren Handy ständig klingelt", giftete sie die erschrockene Heidrun an. Die starrte sie völlig perplex an.

„Und ich bin dann wohl die erfolglose Schauspielerin Annika, die sich dem stinkreichen Filmregisseur an den Hals wirft. Wie konntest du mit diesem Buch einen Bestseller landen? Sieh dich doch nur an. Diesen Erfolg hast du gar nicht verdient", setzte Gesine genauso wütend nach.

Völlig konsterniert blickte Heidrun von einem zum anderen. Sie konnte gar nicht verstehen, was gerade passierte. „Was habt ihr denn nur? Ich hatte doch keine Ahnung, dass mein Buch einmal ein Bestseller wird", war ihre hilflose Antwort.

„Ich habe das Buch noch nicht gelesen. Komme ich auch darin vor?", lallte der völlig betrunkene Berthold dazwischen.

„Natürlich, du bist Andi, der Drogendealer, der mit seiner Hanfplantage die Junkies der Stadt versorgt. Du erpresst auch die durchgeknallte Marie Wagenfeld, die in unserem erarbeiteten Manuskript die brutalen Morde begeht", antwortet Rüdiger ihm. Dann wendet er sich an Heidrun, die völlig irritiert von einem zum anderen blickt: „Ich soll dann wohl der arrogante Filmregisseur Albert Hofmeister sein, der das Schloss als möglichen Drehort für seinen nächsten Film besichtigt. Wir alle werden in deinem Buch also am Ende von Marie Wagenfeld umgebracht. Hast du für dich die Rolle der Marie vorgesehen? Das kannst du vergessen", schnauzte Rüdiger die völlig geschockte Heidrun an.

„Oder hast du für dich keine passende Figur gefunden? Ich wüsste da etwas Treffendes. Du bist die Schlange, die sich bei den anderen einschmeichelt und dann deren geistiges Eigentum stiehlt. Das hast du dir so gedacht! Du wirst deinen Erfolg mit uns teilen müssen", zischte Sandra sie böse an.

„Was habt ihr denn nur? Ich habe euch doch nichts getan", die völlig geschockte Heidrun brach in Tränen aus. Sie drehte sich um und eilte über den engen Wehrgang. Doch sofort setzten ihr die anderen wie auf ein geheimes Kommando nach. Blitzschnell hatten sie die schluchzende Heidrun eingekreist.

„Was habt ihr denn nur? Was habe ich denn falsch gemacht? Warum seht ihr mich so wütend an", weinte Heidrun und schaute ihre Verfolger mit Panik im Blick an.

„Wenn dir das nicht klar ist, müssen wir es dir wohl klarmachen. Wir lassen uns doch nicht von dir verarschen. Du wirst schon sehen, was du davon hast. Du wirst jedenfalls nicht auf unsere Kosten berühmt. Das ist schließlich unser Buch", wurde sie von Sandra angeschrien.

„Du hast diesen Preis nicht verdient. Was hast du dir nur dabei gedacht, unser Manuskript für deinen Roman zu nutzen? Du hast damals überhaupt nichts dazu beigetragen", ergänzte Gesine ebenso wütend.

„Aber ich hatte doch gefragt, ob ich bei dem Workshop mitschreiben darf", erwiderte Heidrun. „Ich habe doch vorher extra gefragt", jammerte sie verzweifelt.

„Dieser verfluchte Workshop! Hätte ich damals nur nicht daran teilgenommen. Wenn ich doch gar nicht erst hingefahren wäre! Jetzt ist meine Ehe zerstört und du hast mich mit diesem Buch auch noch vor der ganzen Welt lächerlich gemacht", fluchte Sandra. Voller Wut stürzte sie sich auf Heidrun und schlug auf sie ein.

„Sandra, hör auf! Das bringt doch nichts", rief Gesine und versuchte Sandra aufzuhalten.

„Aber sie hat doch recht", mischte sich da Rüdiger in den Streit ein, der Heidrun plötzlich von hinten festhielt. Mit der rechten Hand drückte er ihr den Mund zu, um sie am Schreien zu hindern.

„Wieso hast du die Geschichte ausgerechnet beim Schönleitner-Verlag eingereicht? Wolltest du mich absichtlich ruinieren? So ein Bestseller hätte meinen Verlag damals gerettet", presste Rüdiger mit wütend zusammengebissenen Zähnen hervor.

Panisch versuchte Heidrun sich zu befreien, indem sie den Kopf hin und her warf, doch Rüdiger drückte unerbittlich seine Hand auf ihren Mund. Langsam ging ihr die Luft aus, aber er lockerte seinen harten Griff nicht.

In dem Moment mischte sich der betrunkene Berthold ein, der auf seine Gehhilfen gestützt auf dem engen Wehrgang stand.

„Warst du es etwa, die mich nach diesem beschissenen Workshop über den Haufen gefahren hat? Bist du damals einfach abgehauen? Schau dir an, was du aus mir gemacht hast. Ich bin für den Rest meines Lebens ein Krüppel! Damit kommst du nicht davon. Ich werde dir zeigen, was Schmerzen sind!"

In seiner blinden Wut hob Berthold seine Krücke über seinen Kopf und schlug dann zweimal mit aller Kraft gezielt auf Heidruns Schädel ein.

Blut spritzte aus den tiefen Wunden und Heidrun sackte bewusstlos zusammen.

„Was hast du getan? Du hast sie umgebracht!", flüsterte Gesine entsetzt.

Rüdiger tastete nach Heidruns Puls. „Sie ist nicht tot", stellte er trocken fest.

Einen Moment waren alle still und starrten bestürzt auf die Gestalt zu ihren Füßen. Die festliche Kleidung war zerrissen und mit Blut verschmiert.

„Oh Gott, meine Bluse ist voller Flecken. Ist das etwa Blut?", hektisch rieb Sandra an einem großen, roten Fleck auf dem Ärmel ihrer weißen Bluse herum.

„Das ist jetzt wohl unser kleinstes Problem! Wir müssen sie unbedingt loswerden", stellte Rüdiger umgehend fest, der die Situation gleich erfasst hatte und als Erster reagierte. „Fasst mit an."

„Was hast du vor? Wo sollen wir sie denn hinbringen?", fragte Gesine verwirrt und sah ihn plötzlich ernüchtert an.

„Das ist doch wohl ganz offensichtlich. Wir lassen sie über die Mauer in den Abgrund fallen. Die Verletzungen werden nicht weiter auffallen, wenn sie von hier oben hinunterfällt", antwortete Rüdiger eiskalt.

„Du willst sie einfach hinunterwerfen? Das geht doch nicht. Die Polizei wird uns alle verhaften", schockiert starrte ihn Sandra an.

„Wenn wir den Kontakt zueinander noch heute abbrechen und uns nie wieder treffen, wird niemand eine Verbindung zu uns herstellen können. Keiner findet es jemals heraus", brachte Rüdiger mit Überzeugung hervor.

„Er hat recht. Sie wird uns alle verraten, wenn sie wieder zu sich kommt", stimmte ihm Berthold, plötzlich wieder absolut nüchtern, zu.

„Also, nun macht schon, bevor uns jemand hier oben sieht. Es ist sowieso ein Wunder, dass uns noch niemand bemerkt hat. Gut, dass diese alten Bäume die Sicht auf uns versperren. Nun macht schon", forderte Rüdiger die beiden Frauen nachdrücklich auf.

Gemeinsam hoben sie den leblosen Körper an und legten ihn auf der brusthohen Mauer ab. Ein kleiner Stoß, und Heidrun stürzte in die Tiefe.

Getrennt begaben sich die vier zurück zur Preisverleihung. Während Sandra die Waschräume aufsuchte, um ihre Bluse zu reinigen, gingen die anderen zum Büffet und mischten sich unauffällig unter die Gäste. Wie besprochen vermieden sie an diesem Abend jeden weiteren Kontakt untereinander.

„Plötzlich hatte Berthold zugeschlagen, zweimal direkt auf ihren Kopf. Wir wussten ja nicht, was er vorhatte, darum hat keiner von uns eingegriffen. Wir waren zu geschockt. Als Heidrun dann bewusstlos am Boden lag, haben wir erst gar nicht gewusst, was wir machen sollten", gesteht Gesine unter Tränen. Jetzt bleibt ihr keine andere Wahl, als auch den Rest zu gestehen.

„Wir haben sie gemeinsam heruntergeworfen. Wir waren alle vier daran beteiligt. Wir sind alle Schuld", schluchzt sie und schlägt die Hände vors Gesicht. „Ich verstehe nicht, wie wir das tun konnten. Wie sollen wir mit dieser Schuld weiterleben? Wie soll es nur weitergehen?"

„Das wird das Gericht entscheiden. Es war richtig, dass Sie jetzt endlich alles zugegeben haben. Wir werden Ihr Geständnis schriftlich festhalten und Sie müssen es dann noch unterschreiben."

„Was soll denn jetzt aus meinem kleinen Sohn werden? Er ist doch noch so jung", weint Gesine völlig verzweifelt und von Schuldgefühlen überwältigt.

Ralf Reuter sieht sie mitleidig an. Soll er ihr jetzt noch sagen, dass sie selbst schuld daran ist?

In der Wohnung von Rüdiger Nolte finden die Kriminaltechniker tatsächlich eine Jacke und ein Hemd, an denen sich Blutspuren befinden. Die folgenden Untersuchungen bestätigen, dass es sich um das Blut von Heidrun Bauer handelt. Damit ist auch Rüdiger Noltes Beteiligung am Mord an Heidrun Bauer eindeutig erwiesen.

Am nächsten Morgen legt Rüdiger aufgrund der erdrückenden Beweise ein umfassendes Geständnis ab. Auch er wird daraufhin von Oberkommissar Sternberg in Untersuchungshaft genommen.

So kann das Kriminalkommissariat unter der Leitung von Oberkommissar Sternberg den Fall der ermordeten Preisträgerin viel eher lösen, als es zuerst den Anschein hatte.

Das Ermittlungsende

Mit den Fall-Akten unter dem Arm betritt der Oberkommissar wenig später zufrieden das Büro von Staatsanwalt Wolfgang Reinhardt.

„Na, Sternberg, wie weit sind Sie im Fall der ermordeten Preisträgerin? Für heute Vormittag ist wieder eine Pressekonferenz angesetzt. Können wir schon irgendetwas zum Motiv oder über etwaige Verdächtige sagen?"

„In den letzten Stunden haben wir vier Verdächtige vernommen und sie haben schließlich den gemeinschaftlichen Mord gestanden. Auf ihre Spur brachte uns eine Zeugin, die sich gestern hier im Kommissariat gemeldet hat. Alle vier befinden sich in Untersuchungshaft."

Dann erklärt Sternberg dem Staatsanwalt, wie es zu dem Mord an Heidrun Bauer kam.

„Gute Arbeit. Jetzt kann ich noch heute Anklage wegen gemeinschaftlichen Mordes erheben", gratuliert der Staatsanwalt dem Oberkommissar zu seinem schnellen Erfolg.

Erschöpft, aber zufrieden schickt Sternberg sein erfolgreiches Team am frühen Nachmittag nach Hause. Den Feierabend haben sich alle verdient.

„Hat eigentlich einer von Euch dieses Buch >Die schwarze Hand< gelesen?", will er von seinen Mitarbeitern wissen.

Alle schütteln müde den Kopf.

„Die Realität ist doch grausam genug, da muss ich in meiner Freizeit nicht auch noch so eine Horrorgeschichte lesen", bemerkt Britta Landshut, als sie das Büro des Chefs verlassen.

„Genau, mit meiner Zeit kann ich besseres anfangen. Wie zum Beispiel etwas

Gutes essen und dann den Abend mit Freunden verbringen", erklärt Stefan Haberland und sieht Britta dabei an.

„Sollen wir uns heute Abend beim Italiener treffen?", fragt Britta ihren Kollegen daraufhin, der sie zuerst erstaunt ansieht, dann aber freudig zusagt.

Am Abend sprechen sie bei einem guten Glas Rotwein nicht nur über ihre Arbeit und den abgeschlossenen Fall.

Britta erzählt Stefan Haberland von ihrer Familie und ihrem alten Leben in Emden, während Stefan von seiner Kindheit in Hohenlimburg berichtet. Erst kurz vor Mitternacht bringt er Britta nach Hause.

E N D E

Alle Namen, Personen und Ereignisse sind frei erfunden, auch die Preisverleihung gibt es nur in diesem Buch.

Ähnlichkeiten mit lebenden oder bereits verstorbenen Personen wären rein zufällig und sind nicht beabsichtigt.

Der Schauplatz dieser Geschichte, das Schloss Hohenlimburg, existiert tatsächlich.

Dort werden auch Krimi-Workshops der VHS angeboten.

Die Idee zu diesem Buch kam mir, nachdem ich an zwei Krimi-Workshops teilgenommen hatte.

Bedanken möchte ich mich bei allen, die mit ihren Ideen und Anregungen zur Story beigetragen haben.

Mein besonderer Dank geht an Heinz Dahlmann und Werner Veldhoen, die sich viel Mühe gemacht haben und mir mit ihren Hinweisen bei der Ausarbeitung eine wertvolle Hilfe waren.

Ebenso möchte ich mich bei Frau Fuchs bedanken, die sich mit meinen Fehlern herumschlagen musste.

Herzlichen Dank natürlich auch an alle Leser.

Weitere Informationen finden Sie
auf meiner Homepage
Petra-Ritschel.de